【中华国学经典精粹】

苏东坡词集

（双色版）

[北宋] 苏轼 著
谭慧 注

Beijing United Publishing Co.,Ltd.
北京联合出版公司

图书在版编目（CIP）数据

苏东坡词集 /（北宋）苏轼著；谭慧注. —北京：北京联合出版公司，2016.11（2018.7 重印）
（中华国学经典精粹）
ISBN 978-7-5502-9069-3

Ⅰ. ①苏… Ⅱ. ①苏… ②谭… Ⅲ. ①宋词–选集
Ⅳ. ①I222.844

中国版本图书馆CIP数据核字（2016）第268733号

苏东坡词集

作　　者：苏　轼
选题策划：宿春礼
责任编辑：管　文
封面设计：新纪元工作室
版式设计：新纪元工作室
责任校对：付玮婷

北京联合出版公司出版
（北京市西城区德外大街83号楼9层　100088）
三河市龙大印装有限公司　新华书店经销
字数：130千字　787毫米×1092毫米　1/32　5印张
2017年1月第1版　2018年7月第2次印刷
ISBN 978-7-5502-9069-3
定价：19.80元

前言

苏东坡，历史上罕见的诗、词、文、书、画全能型奇才，亦是豁达而又充满生活情趣的大家居士。

他以天下为己任，潇洒傲然，文才无匹。在经历了人生苦难世道沧桑后，在顺境与逆境的转换、入世与出世的变更中，他始终不因贬谪而消沉感伤，举杯笑对平湖秋月，看花开花落，不嗔不怨，吟啸徐行。他以卓越的天才、开阔的胸襟和广博的学识，创作了大量绚丽多彩、别具一格的作品，令历代文人学子为之赞叹倾倒。刘辰翁在《辛稼轩词序》里就说："词至东坡，倾荡磊落，如诗，如文，如天地奇观。"

的确，在我国词史上，苏轼是位开宗立派的人物。他将诗文革新运动的精神扩展到词的领域，其所作的词内容广阔，气魄宏伟，语言朴素，一反过去绮罗香泽及离情别绪的局限，形成独特的风格乃至派别，为后人树立了难以攀附的标尺，为词的发展开拓出一个全新的境界。这是宋词空前的革新，持续而深远地影响了整个中国词学史。

首先，从观念而言，苏轼破除了"诗庄词媚""诗尊词卑"的传统，以诗境、诗语入词，将词与诗相提并论，认为二者是具有同等功用的文体，改变了词完全从属于音乐的地位，大大提升了词的文学地位与艺术价值，从而实现了"诗道"与"词道"的统一。

其次，从内容而言，受“词为艳科”的传统束缚，词在很长一段时间内都局限于艳情腻语的范围。而苏轼以其奔放的才情，将词笔深入到社会生活的各个方面，诸如怀古感旧、写景咏物、田园风光、亲情友谊以及参禅说理等，凡是诗能表现的内容，诗人所惯用的题材，他几乎都用词表现了出来，从而突破了晚唐五代以来词专写男女恋情、离愁别绪的藩篱，大大开拓了词的题材与意境，扩大了词的创作视野。同时，这对同时代及后世的作家形成了深远的影响。以苏轼为中心的元祐词林，代表着北宋词坛的鼎盛气象，一时名家辈出，如秦观、黄庭坚、陈师道、谢逸等，都创作出了很多优秀的词作品。

再次，从风格而言，宋初的词作基本上承袭了晚唐五代“绮丽香泽”“绸缪婉转”的风气。晏、欧、柳等人承前人风格定式，将婉约视为词的正宗风格。而苏轼则认为，词“自是一家”，决心以自己的词作力矫当时的香软词风。于是，他在柔媚婉约之外，另创恢宏雄迈的豪放词风。这在两宋词史上是一次重大转变，为南宋以辛弃疾为首的爱国词派开了先路。

最后，从形式而言，无论是词的艺术技巧、表现手法，还是语言、格律各方面，在苏轼笔下，都有很大发展。他一改花间词人镂金错采的作风，多方面化用陶潜、李白、杜甫、韩愈等人的诗句入词，同时还运用一些口语，给人以清新朴素之感。这既增强了词的表现功能，又使词显示出前所未有的新风貌。

总而言之，苏词在宋词发展中的作用不仅是开了一派词风，更将词从狭窄的范围中解放出来，促成了词内容、风格及形式的多样化。从这个意义上来看，苏轼不愧为令宋词成为一种代表性文体的关键人物。他的这些贡献对词这一文学样式旧有模式的突破与创新具有划时代的意义，深刻而广泛地影响着后世词坛，也因此成为宋词发展的一座里程碑。

目录

水龙吟（古来云海茫茫）

昔谢自然欲过海求师蓬莱，至海中，或谓自然："蓬莱隔弱水三十万里，不可到。天台有司马子微，身居赤城，名在绛阙，可往从之。"自然乃还，受道于子微，白日仙去。子微著《坐忘论》七篇，《枢》一篇。年百馀，将终，谓弟子曰："吾居玉霄峰，东望蓬莱，尝有真灵降焉。今为东海青童君所召。"乃蝉脱而去。其后李太白作《大鹏赋》云："尝见子微于江陵，谓余有仙风道骨，可与神游八极之表。"元丰七年冬，余过临淮，而湛然先生梁公在焉，童颜清彻，如二三十许人，然人亦有自少见之者。善吹铁笛，嘹然有穿云裂石之声。乃作《水龙吟》一首，记子微、太白之事，倚其声而歌之。

古来云海茫茫，道山[1]绛阙[2]知何处？人间自有，赤城[3]居士，龙蟠凤翥。清净无为，《坐忘》遗照，八篇奇语。向玉霄[4]东望，蓬莱晻霭[5]，有云驾，骖凤驭。

行尽九州四海，笑纷纷、落花飞絮。临江一见，谪仙风采，无言心许。八表[6]神游，浩然相对，酒酣箕踞[7]。待垂天赋就，骑鲸路稳，约相将去。

【注释】

①道山：道家的仙山。 ②绛阙：红色的殿阁。 ③赤城：四川灌县西之青城山，又名赤城山，苏轼是四川人，故称赤城居士。④玉霄：指天上。 ⑤霭：暗淡的云彩。 ⑥八表：八方之外，极远的地方。 ⑦箕踞：坐时两脚叉开，开似簸箕，表示轻慢态度。

水龙吟 赠赵晦之吹笛侍儿（楚山修竹如云）

楚山修竹[1]如云，异材秀出千林表。龙须[2]半剪，凤膺[3]微涨，玉肌[4]匀绕。木落淮南[5]，雨晴云梦[6]，月明风袅[7]。自中郎[8]不见，桓伊[9]去后，知孤负，秋多少。

闻道岭南太守，后堂深、绿珠[10]娇小。绮窗[11]学弄[12]，《梁州》[13]初遍，《霓裳》[14]未了。嚼徵含宫，泛商流羽[15]，一声云杪[16]。为使君洗尽，蛮风瘴雨[17]，作《霜天晓》[18]。

【注释】

①楚山修竹：古代蕲州出高竹。修，长。 ②龙须：指首颈处节间所留纤枝。 ③凤膺（yīng）：指节以下若膺处。 ④玉肌：美玉一般的肌肤，指竹子外表光洁。 ⑤淮南：淮河以南，指蕲州。 ⑥云梦：即古代云梦泽。在今湖北省天门县西。 ⑦袅：柔和。 ⑧中郎：即东汉末的蔡邕，他通经史、音律、天文，曾为中郎将，古代音乐家。干宝《搜神记》："蔡邕曾至柯亭，以竹为椽。邕仰眄之，曰'良竹也'。取以为笛，发声嘹亮。" ⑨桓伊：东晋人，喜音乐，善吹笛。《晋书·桓伊传》："（桓伊）善音乐，尽一时之妙，为江左第一。有蔡邕柯亭笛，常自吹之。" ⑩绿珠：西晋石崇歌妓，善吹笛。《晋书·石崇传》载："崇有妓曰绿珠，美而艳，善吹笛。孙秀使人求之……崇勃然曰：'绿珠吾所爱，不可得也！'……秀怒……遂矫诏收崇及潘岳、欧阳健等。崇正宴于楼上，介士到门。崇谓绿珠曰：'我今为尔得罪。'绿珠泣曰：'当效死于官前。'因自投于楼下而死。"绿珠死后，石崇一家被杀。此处借西晋"绿珠坠楼"典故，赞颂竹的气节。 ⑪绮窗：挂着有花纹的丝织品窗帘的窗。 ⑫弄：演奏。 ⑬《梁州》：曲名。《文献通考》："天宝中，明皇命红桃歌贵妃《梁州曲》，亲御玉笛为之倚曲。" ⑭《霓裳》：指《霓裳羽衣舞》。裴铏《传奇·薛昭》："妃甚爱惜，常令独舞《霓裳》于绣岭宫。" ⑮"嚼徵（zhǐ）"二句：指笛声包含徵调和宫调，又吹起缓和的商调和羽调。嚼、含，指品味笛曲。泛、流，指笛声优美流畅。徵、宫、商、羽，古五音（宫商角徵羽）。 ⑯云杪（miǎo）：形容笛声高亢入云。 ⑰蛮风瘴（zhàng）雨：形容岭南的恶劣天气。 ⑱《霜天晓》：即《霜天晓角》，乐曲名。

水龙吟（似花还似非花）

次韵[1]章质夫[2]《杨花》词。

似花还似非花，也无人惜从教[③]坠。抛家傍路，思量却是，无情有思[④]。萦[⑤]损柔肠[⑥]，困酣娇眼[⑦]，欲开还闭。梦随风万里，寻郎去处，又还被，莺呼起[⑧]。

不恨此花飞尽，恨西园、落红难缀[⑨]。晓来雨过，遗踪何在，一池萍碎[⑩]。春色[⑪]三分，二分尘土，一分流水。细看来，不是杨花，点点是离人泪。

【注释】

①次韵：用原作之韵，并按照原作用韵次序进行创作，称为次韵。 ②章质夫：名楶（jié），浦城（今福建蒲城县）人。当时他任荆湖北路提点刑狱，常与苏轼诗词酬唱。 ③从教：任凭。 ④无情有思（sì）：是说杨花看似无情，却自有它的愁思。韩愈《晚春》诗："杨花榆荚无才思，唯解漫天作雪飞。"此处反用其意。思，心绪、情思。 ⑤萦：萦绕，牵念。 ⑥柔肠：柳枝细长柔软，故以柔肠为喻。白居易《杨柳枝》："人言柳叶似愁眉，更有愁肠如柳枝。" ⑦娇眼：美人娇媚的眼睛，比喻柳叶。古人诗赋中常称初生的柳叶为柳眼。 ⑧"梦随"四句：化用唐代金昌绪《春怨》诗："打起黄莺儿，莫教枝上啼。啼时惊妾梦，不得到辽西。" ⑨缀：连接。⑩一池萍碎：苏轼自注："杨花落水为浮萍，验之信然。" ⑪春色：代指杨花。

【点评】

东坡《水龙吟》咏杨花，和韵而似原唱，章质夫词原唱而似和韵。

——王国维

章楶质夫作《水龙吟》咏杨花，其命意用事，清丽可喜。东坡和之，若豪放不入律吕，徐而视之，声韵谐婉，反觉质夫词有织绣工夫。

——朱弁

章质夫咏杨花词，东坡和之。晁叔用（晁冲之）以为东坡如毛嫱西施，净洗却面，与天下妇人斗好，质夫岂可比，是则然矣。余以为质夫词中，所谓"傍珠帘散漫，垂垂欲下，依前被、风扶起"，亦可谓曲尽杨花妙处。东坡所和虽高，恐未能及。诗人议论不公如此耳。

——魏庆之

此词是和作。咏物拟人，缠绵多态。词中刻画了一个思妇的形象。萦损柔肠，困酣娇眼，随风万里，寻郎去处，是写杨花，亦是写思妇，可说是遗貌而得其神。而杨花飞尽化作“离人泪”，更生动地写出她候人不归所产生的幽怨。能以杨花喻人，在对杨花的描写过程中，完成对人物形象的塑造。这比章质夫的闺怨词要高一层。

——唐圭璋

水龙吟（小舟横截春江）

闾丘大夫孝终公显[①]尝守黄州，作栖霞楼[②]，为郡中胜绝。元丰五年，余谪居黄，正月十七日，梦扁舟渡江，中流回望，楼中歌乐杂作，舟中人言公显方会客也。觉而异之，乃作此曲，盖越调《鼓笛慢》。公显时已致仕，在苏州。

小舟横截春江，卧看翠壁红楼起。云间笑语，使君高会，佳人半醉。危柱哀弦[③]，艳歌馀响，绕云萦水。念故人老大，风流未减，空回首，烟波里。

推枕惘然不见，但空江、月明千里。五湖闻道，扁舟归去，仍携西子[④]。云梦南州[⑤]，武昌东岸[⑥]，昔游应记。料多情梦里，端来[⑦]见我，也参差[⑧]是。

【注释】

①闾丘大夫孝终公显：闾丘孝终，字公显，曾任黄州知州，致仕后归苏州故里。　②栖霞楼：宋代黄州四大名楼之一，位于黄冈市赤鼻矶土，背山面江，以落日晚霞、映红楼台而得名。　③危柱哀弦：指乐声凄绝。柱，筝瑟之类乐器上的枕木。危，高，谓定音高而厉。　④“五湖”三句：用春秋时范蠡携西施出走，泛游于太湖一带的故事。　⑤云梦南州：指黄州，因其在古云梦泽之南。　⑥武昌东岸：指黄州。　⑦端来：准来，真来。　⑧参差：依稀，约略。

【点评】

突兀而起，仙乎，仙乎！“翠壁”句，奇崭不露雕琢痕。上阕全写梦境，空灵中杂以凄丽。过片始言情，有沧波浩渺之致，真高格也。“云梦”二句，妙能写闲中情景。煞拍不说梦，偏说梦来见我，正是词笔高浑不犹人处。

——郑文焯

满庭芳（归去来兮，吾归何处）

元丰七年四月一日，余将去黄移汝，留别雪堂[①]邻里二三君子。会[②]李仲览自江东来别，遂书以遗[③]之。

归去来兮，吾归何处，万里家在岷峨。百年强半，来日苦无多[④]。坐见黄州再闰[⑤]，儿童尽楚语吴歌[⑥]。山中友，鸡豚[⑦]社酒[⑧]，相劝老东坡[⑨]。

云何，当此去，人生底事，来往如梭？待闲看秋风，洛水清波。好在堂前细柳，应念我、莫剪柔柯[⑩]。仍传语，江南父老，时与晒渔蓑[⑪]。

【注释】

①雪堂：苏轼被贬谪黄州任团练副使时，于宋神宗元丰五年（1082）在赤壁旁的龙王山坡筑“雪堂”为其居住躬耕之所。房屋落成时适遇大雪，他因此将房内四壁均画上雪，命名为“雪堂”。②会：时逢，正好。③遗：赠送。④“百年”二句：韩愈《除官赴阙至江州寄鄂岳李大夫》：“年皆过半百，来日苦无多。”此用其句。百年强半，此处乃虚称。⑤再闰：苏轼于元丰三年（1080）二月到黄州，元丰三年闰九月，六年闰六月，故为“再闰”。⑥楚语吴歌：黄州在春秋战国时期属楚地，三国时期属吴地，故称。⑦豚：猪。⑧社酒：祭祀神祇时所用的酒。⑨东坡：位于湖北黄冈县东。苏轼谪贬黄州时，友人马正卿助其垦辟的游憩之所，筑有雪堂五间。⑩莫剪柔柯：此处谓要珍惜彼此的友情。⑪“仍传语”三句：是说我现在虽然离开这里，但将来还是要回来的。

满庭芳（香叆雕盘，寒生冰筯）

香叆[①]雕盘，寒生冰筯[②]，画堂别是风光。主人情重，开宴出红妆。腻玉圆搓素颈[③]，藕丝[④]嫩、新织仙裳。歌声罢，虚檐转月，馀韵尚悠扬[⑤]。

人间何处有，司空见惯，应谓寻常。坐中有狂客，恼乱愁肠。报道金钗坠也，十指露、春笋纤长。亲曾见，全胜宋玉，想象赋高唐。

【注释】

①叆（ài）：香烟缭绕，如云雾霭霭。　②寒生冰筯（zhù）：此词作于五月，意指把冬天藏的天然冰取出放置在堂上，即使在五月，也令人感到寒气侵人。冰筯，即“冰箸”，原指屋带下挂粉的冰条。③腻玉圆搓素颈：形容歌妓的秀颈洁白圆润。　④藕丝：李贺《天上谣》王琦汇解：“粉霞，藕丝，皆当时彩色名。”　⑤馀韵尚悠扬：《列子·汤问》：“昔韩娥东之齐，匮粮，过雍门，鬻歌假食。既去而余音绕梁欐，三日不绝，左右以其人弗去。”

满庭芳（蜗角虚名，蝇头微利）

蜗角[①]虚名，蝇头[②]微利，算来着甚干忙。事皆前定，谁弱又谁强。且趁闲身未老，须放我、些子[③]疏狂。百年里，浑教是醉，三万六千场[④]。

思量，能几许，忧愁风雨，一半相妨[⑤]。又何须抵死，说短论长。幸对清风皓月，苔茵展、云幕高张[⑥]。江南好，千钟美酒，一曲《满庭芳》。

【注释】

①蜗角：极言微小。《庄子·则阳》谓在蜗之左角的触氏与右角的蛮氏两族常为争地而战。　②蝇头：本指小字，此取微小之义。③些子：一点儿。　④“百年里”三句：语出李白《襄阳歌》：“百年三万六千日，一日须倾三百杯。”　⑤“思量”四句：指仔细想想，一

生中有一半日子都是被忧愁风雨干扰的。　⑥“苔茵”二句：以青苔为褥席铺展，把白云当帐幕高张。

满庭芳（三十三年，今谁存者）

有王长官[①]者，弃官黄州，三十三年，黄人谓之王先生。因送陈慥[②]来过[③]余，因为赋此。

三十三年，今谁存者？算只君与长江。凛然苍桧[④]，霜干苦难双。闻道司州古县[⑤]，云溪上、竹坞[⑥]松窗。江南岸，不因送子，宁肯过吾邦。

摐摐[⑦]，疏雨过，风林舞破，烟盖云幢[⑧]。愿持此邀君，一饮空缸。居士先生老矣，真梦里、相对残釭。歌声断，行人未起，船鼓已逢逢[⑨]。

【注释】

①王长官：苏轼好友。　②陈慥：字季常，亦为苏轼好友。　③过：拜访，看望。　④桧：即圆柏。一种常绿乔木，雌雄异株，果实球形，木材桃红色、有香气。寿命达数百年。此处以苍桧喻王先生。　⑤司州古县：指黄陂县，曾属南司州。王先生罢官后居于此。　⑥竹坞：用竹子建造的房屋。　⑦摐摐（chuāng chuāng）：指雨声。　⑧幢（chuáng）：旗帜。　⑨逢逢（páng páng）：鼓声。

【点评】

健句入词更奇峰，此境匪稼轩所能梦到。不事雕凿，字字苍寒，如空岩霜干，天风吹堕颇黎地上，铿然作碎玉声。

——郑之焯

满庭芳（三十三年，漂流江海）

余年十七，始与刘仲达往来于眉山。今年四十九，相逢于泗上。淮水浅冻，久留郡中。晦日[①]同游南山，话旧感叹，因作《满庭芳》云。

三十三年，漂流江海，万里烟浪云帆。故人惊怪，憔悴老青衫。我自疏狂异趣，君何事、奔走尘凡[2]。流年尽，穷途坐守，船尾冻相衔。

巉巉[3]，淮浦外，层楼翠壁，古寺空岩。步携手林间，笑挽攕攕。莫上孤峰尽处，萦望眼、云海相搀。家何在，因君问我，归梦绕松杉。

【注释】

①晦日：传统节日之一。指农历每月的最后一天，即大月三十日、小月二十九日。　②尘凡：人间，俗世。　③巉巉（chán chán）：山石高峻的样子。

水调歌头（落日绣帘卷）

黄州快哉亭赠张偓佺。

落日绣帘卷，亭下水连空。知君为我新作，窗户湿青红[1]。长记平山堂上，欹枕江南烟雨，渺渺没孤鸿。认得醉翁语，山色有无中[2]。

一千顷，都镜净，倒碧峰。忽然浪起，掀舞一叶白头翁。堪笑兰台公子[3]，未解庄生天籁，刚道有雌雄。一点浩然气，千里快哉风。

【注释】

①"知君"二句：知道亭子专为我而新造，窗临大江，沐浴着青山红日。　②"认得"二句：指体会到醉翁之"山色有无中"的韵味。欧阳修《朝中措·送刘仲原甫出守维扬》语"平山栏槛倚晴空，山色有无中"，形容远山若隐若现，若有若无。　③兰台公子：指宋玉，宋玉曾在兰台侍奉楚襄王。

水调歌头（明月几时有）

丙辰[1]中秋，欢饮达旦[2]，大醉，作此篇，兼怀子由[3]。

明月几时有，把酒问青天。不知天上宫阙[4]，今夕是何年。我欲乘风归去，惟恐琼楼玉宇[5]，高处不胜[6]寒。起舞弄清影[7]，何似[8]在人间。

转朱阁，低绮户，照无眠[9]。不应有恨，何事长向别时圆[10]。人有悲欢离合，月有阴晴圆缺，此事[11]古难全。但愿[12]人长久，千里共婵娟[13]。

【注释】

①丙辰：即熙宁九年（1076）。 ②达旦：到清晨。 ③子由：苏轼的弟弟苏辙，字子由。 ④天上宫阙：指月中宫殿。阙，古代城墙后的石台。 ⑤琼楼玉宇：美玉砌成的楼宇，此处指想象中的仙宫。 ⑥不胜：经受不住。 ⑦弄清影：意思是月光下的身影也跟着做出各种舞姿。弄，玩弄。 ⑧何似：哪里比得上。 ⑨“转朱阁”三句：月亮转过朱红色的楼阁，低低地挂在雕花的窗户上，照着没有睡意的人（指诗人自己）。朱阁，朱红的华丽楼阁。绮（qǐ）户，雕饰华丽的门窗。 ⑩“不应有恨”二句：（月亮）不该（对人们）有什么怨恨吧，为什么偏在人们分离时圆呢？何事，为什么。 ⑪此事：指人的“悲欢离合”和月的“阴晴圆缺”。 ⑫但愿：只愿。但，只。 ⑬千里共婵娟：意为虽然相隔千里，也能一起欣赏这同一个美好的月光。共，一起欣赏。婵娟，指月亮。

【点评】

歌者袁绹，乃天宝之李龟年也，宣和间供奉九重。尝为吾言：“东坡公昔与客游金山，适中秋夕，天宇四垂，一碧无际，加江流澒涌，俄月色如昼。遂共登金山山顶之妙高台，命绹歌其《水调歌头》曰：‘明月几时有，把酒问青天。’歌罢，坡为起舞而顾问曰：‘此便是神仙矣。’”吾谓文章人物，诚千载一时，后世安所得乎？

——蔡絛

先君尝云：坡词“低绮户”，尝云“窥绮户”。二字既改，其词益佳。中秋词，自东坡《水调歌头》一出，余词俱废。

——胡仔

东坡《水调歌头》：“我欲乘风归去，只恐琼楼玉宇，高处不胜寒。起舞弄清影，何似在人间？”一时词手，多用此格。如鲁直云："我欲穿花寻路，直入白云深处，浩气展虹蜺。只恐花深里，红露湿人衣。"盖效东坡语也。近世闲闲老（赵秉文）亦云："我欲骑鲸归去，只恐神仙官府，嫌我醉时真。笑拍群仙手，几度梦中身？"

——李冶

词以不犯本位为高。东坡《满庭芳》："老去君恩未报，空回首、弹铗悲歌。"语诚慷慨，然不若《水调歌头》："我欲乘风归去，又恐琼楼玉宇，高处不胜寒。"尤觉空灵蕴藉。

——刘熙载

发端从太白仙心脱化，顿成奇逸之笔。湘绮（王闿运）诵此词，以为此"全"字韵，可当"三语掾"，自来未经人道。

——郑文焯

水调歌头（安石在东海）

余去岁[①]在东武，作《水调歌头》以寄子由。今年子由相从彭门[②]百馀日，过中秋而去，作此曲以别。余以其语过悲，乃为和之，其意以不早退为戒，以退而相从之乐为慰云。

安石[③]在东海，从事鬓惊秋。中年亲友难别，丝竹缓离愁。一旦功成名遂，准拟东还海道，扶病入西州[④]。雅志[⑤]困轩冕[⑥]，遗恨寄沧洲[⑦]。

岁云暮[⑧]，须早计，要褐裘[⑨]。故乡归去千里，佳处辄迟留[⑩]。我醉歌时君和，醉倒须君扶我，惟酒可忘忧。一任刘玄德，相对卧高楼。

【注释】

①去岁：去年。　②彭门：旧指徐州，为彭祖故国。　③安石：谢安，字安石，东晋名臣。　④"一旦"三句：谢安本准备功成名就之后归隐会稽，不料后来却抱病回京了。扶病，抱病行动，语出《礼记·问丧》："身病体羸，以杖扶病也。"西州，即东晋都城建康。⑤雅志：平素的意愿。　⑥轩冕（miǎn）：古代官员的车服，借指做官。　⑦沧洲：水滨，古代多用以指隐士的住处。　⑧岁云暮：指岁

暮。云，语助词。　⑨要褐裘（qiú）：指换上粗布袍，意为辞官归乡，做普通百姓。　⑩迟留：逗留，停留。

【点评】

总体来说，这首词更像是一篇史论，或者是像借史论来抒发自己思想的散文。但其情真意切处，丝毫不比任何婉约词逊色，尤其是“我醉”两句，把兄弟之间的情谊写得生动、绝妙。

——姚苏杰

水调歌头（昵昵儿女语）

欧阳文忠公[①]尝[②]问余：“琴诗何者最善？”答以退之[③]《听颖师[④]琴》诗。公曰：“此诗固奇丽，然非听琴，乃听琵琶诗也。”余深然之。建安[⑤]章质夫家善琵琶者乞为歌词，余久不作，特取退之词稍加檃括[⑥]，使就声律，以遗之云。

昵昵儿女语[⑦]，灯火夜微明。恩怨尔汝[⑧]来去，弹指泪和声。忽变轩昂勇士，一鼓填然作气[⑨]，千里不留行。回首暮云远，飞絮搅青冥[⑩]。

众禽里，真彩凤，独不鸣[⑪]。跻攀寸步千险，一落百寻轻[⑫]。烦子指间风雨[⑬]，置我肠中冰炭[⑭]，起坐不能平。推手从归去，无泪与君倾[⑮]。

【注释】

①欧阳文忠公：即欧阳修，文忠是他的谥号。欧阳修是苏轼的座师。　②尝：曾经。　③退之：即韩愈。　④颖师：颖师为名僧，唐宪宗元和年间在长安。颖，为此僧之名。师，当时对僧侣的通称。　⑤建安：北宋时，浦城属建州，建州州治在建安。　⑥檃括：依据某种文体原有的内容、词句改写成另一种体裁。此指苏轼改韩愈《听颖师琴》诗为词。　⑦昵昵儿女语：此句用韩愈原诗。昵昵，亲近、相爱。　⑧恩怨尔汝：出于相爱的责怨。尔汝，古代最亲近的人，才以“尔”“汝”相称。　⑨一鼓填然作气：《左传·庄公十年》有“一鼓作气”之语。填然，鼓声洪大貌。　⑩飞絮搅青冥：引韩愈原诗：“浮云柳絮无根蒂，天地阔远随飞扬。”青冥，天空。

⑪“众禽里”三句：引韩愈原诗：“喧啾百鸟群，忽见孤凤凰。”⑫“跻（jī）攀”二句：引韩愈原诗：“跻攀分寸不可上，失势一落千丈强。” ⑬指间风雨：变化的乐曲。 ⑭肠中冰炭：听演奏时感情急剧变化。韩愈原诗为：“颖乎尔诚能，无以冰炭置我肠。”⑮无泪与君倾：形容乐声感人之深，听者为之泪尽。韩愈原诗为：“湿衣泪滂滂。”

满江红（忧喜相寻）

董毅夫名钺，自梓漕得罪，罢官东川。归鄱阳，过东坡于齐安。怪其丰暇自得，余问之，曰：“吾再娶柳氏，三日而去官。吾固不戚戚，而忧柳氏不能忘怀于进退也。已而欣然，同忧患若处富贵，吾是以益安焉。”命其侍儿歌其所作《满江红》。嗟叹之不足，乃次其韵。

忧喜相寻，风雨过、一江春绿。巫峡梦、至今空有，乱山屏簇。何似伯鸾[1]携德耀[2]，箪瓢[3]未足清欢足。渐粲然[4]、光彩照阶庭，生兰玉。

幽梦里，传心曲。肠断处，凭他续。文君婿知否，笑君卑辱。君不见《周南》歌《汉广》[5]，天教夫子休乔木。便相将、左手抱琴书，云间宿。

【注释】

①伯鸾：梁鸿。 ②德耀：孟光，与梁鸿一起隐居在山中。③箪（dān）瓢：盛饭和浆水之器。 ④粲然：形容笑容灿烂的样子。 ⑤《周南》歌《汉广》：《诗经·周南·汉广》：“南有乔木，不可休思。”

满江红　寄鄂州朱使君寿昌[1]（江汉西来）

江汉西来，高楼下、蒲萄[2]深碧。犹自带、岷峨雪浪，锦江[3]春色。君是南山[4]遗爱[5]守，我为剑外[6]思归客。对此间、风物岂无情，殷勤说。

《江表传》[7]，君休读。狂处士[8]，真堪惜。空洲对鹦鹉[9]，苇花萧瑟。独笑书生争底事，曹公黄祖俱飘忽。愿使君、还赋谪仙[10]诗，追[11]黄鹤。

【注释】

①朱使君寿昌：字康叔，扬州天长人。　②蒲萄：即“葡萄”。③锦江：在四川，流入长江，是岷江支流。　④南山：即陕西终南山。　⑤遗爱：地方官去任时，称颂他有好的政绩，美之曰“遗爱”。朱寿昌曾任陕州（终南山区）通判。　⑥剑外：即剑南（剑门山以南），四川的别称。杜甫《闻官军收河南河北》诗说“剑外忽闻收蓟北”，是以京师长安为中心，将四川作为剑外，唐时在此置剑南道。作者是蜀人，故自称“剑外思归客”。　⑦《江表传》：三国时代的史书。　⑧狂处士：指祢（mí）衡。　⑨鹦鹉：祢衡死后埋在汉阳城西南的沙洲上，因他作有《鹦鹉赋》，后人遂把这沙洲称为“鹦鹉洲”。　⑩谪仙：指李白。唐代贺知章看到李白文章，叹道：“子，谪仙人也。”　⑪追：胜过，赶上。

满江红（东武南城）

东武[1]会流杯亭，上巳日作。城南有坡，土色如丹，其下有堤，壅郏淇水入城。

东武南城，新堤就、郏淇初溢。微雨过、长林翠阜，卧红堆碧。枝上残花吹尽也，与君试向江头觅。问向前、犹有几多春，三之一。

官里事，何时毕？风雨外，无多日。相将泛曲水，满城争出。君不见兰亭修禊事[2]，当时坐上皆豪逸。到如今、修竹满山阴[3]，空陈迹[4]。

【注释】

①东武：即密州州治，今山东省诸城。　②兰亭修禊（xì）事：东晋永和九年（353）三月三日，王羲之与当时名士四十一人集合于会稽山阴兰亭，修祓（fú）禊之礼。　③山阴：今浙江省绍兴县，当日兰

亭修禊之处。 ④空陈迹：徒然成为历史的陈迹。王羲之《兰事集序》："向之所欣，俯仰之间，已为陈迹。"

满江红（天岂无情）

正月十三日，雪中送文安国[①]还朝。

天岂无情，天也解、多情留客。春向暖、朝来底事[②]，尚飘轻雪。君遇时来纡组绶[③]，我应老去寻泉石[④]。恐异时、杯酒复相思，云山隔。

浮世事，俱难必。人纵健，头应白。何辞更一醉，此欢难觅。不用向佳人诉离恨，泪珠先已凝[⑤]双睫。但莫遣、新燕[⑥]却来时，音书[⑦]绝。

【注释】

①文安国：文勋，字安国，官太府寺丞。善论难剧谈，工篆画，苏轼曾为他作《文勋篆赞》。 ②底事：就是"何事""为什么"。③纡（yū）组绶（shòu）：腰系绶带，指做官。纡，系、结。组绶，官员系玉的丝带。 ④泉石：山水，这里指归隐之地。 ⑤凝：聚集，集中。 ⑥新燕：指来信。 ⑦音书：音讯，书信。

归朝欢　和苏坚伯固[①]（我梦扁舟浮震泽）

我梦扁舟浮震泽[②]，雪浪摇空千顷白。觉来满眼是庐山，倚天无数开青壁。此生长接淅[③]，与君同是江南客[④]。梦中游，觉来清赏，同作飞梭掷。

明日西风还挂席[⑤]，唱我新词泪沾臆[⑥]。灵均[⑦]去后楚山空，澧阳兰芷[⑧]无颜色。君才如梦得[⑨]，武陵[⑩]更在西南极。《竹枝词》[⑪]，莫徭[⑫]新唱，谁谓古今隔。

【注释】

①伯固：苏坚的字，他曾任杭州临税官，是苏轼的得力助手。②震泽：太湖古称震泽。 ③接淅：指行色匆忙。《孟子·万章下》："孔子之去齐，接淅而行。"意谓孔子因急于离开齐国，不及煮饭，

带了刚刚淘过的米就走。此苏轼自比。 ④江南客：江南游子。 ⑤挂席：挂起帆席，准备启程。 ⑥泪沾臆（yì）：杜甫《哀江头》："人生有情泪沾臆，江草江花岂终极。"沾臆，泪水浸湿胸前。 ⑦灵均：屈原的字。 ⑧澧（lǐ）阳兰芷（zhǐ）：《楚辞·九歌·湘夫人》："沅有芷兮澧有兰。"澧阳，今湖南澧县，古代为澧州。 ⑨梦得：唐代诗人刘禹锡，字梦得，因参与政治改革失败被贬到朗州（今湖南常德）。他在朗州十年，学习当地民歌，创作《竹枝词》等大量作品。 ⑩武陵：唐代朗州，今湖南常德一带。 ⑪《竹枝词》：本四川东部一带民歌，刘禹锡在湖南贬所，曾依屈原《九歌》，吸取当地俚曲，作《竹枝辞》九章。 ⑫莫徭：楚地瑶族地区，苏坚即将任职地。

念奴娇　赤壁怀古（大江东去）

大江东去，浪淘尽、千古风流人物。故垒①西边，人道是、三国周郎②赤壁。乱石崩云，惊涛裂岸，卷起千堆雪③。江山如画，一时多少豪杰。

遥想④公瑾当年，小乔⑤初嫁了，雄姿英发⑥。羽扇纶巾⑦，谈笑间、强虏⑧灰飞烟灭。故国⑨神游，多情应笑我，早生华发⑩。人间如梦，一尊⑪还酹⑫江月。

【注释】

①故垒：黄州古老的城堡，古战场的陈迹。这里指过去遗留下来的营垒。 ②周郎：周瑜（175—210），字公瑾，庐江舒县（今安徽省庐江县西南）人，东汉末年东吴名将。因其相貌英俊而有"周郎"之称。周瑜精通军事，又精于音律，江东向来有"曲有误，周郎顾"之语。208年，孙、刘联军在周瑜的指挥下，于赤壁以火攻击败曹操的军队，奠定了三分天下的基础。210年，周瑜因病去世，年仅三十六岁。 ③雪：比喻浪花。 ④遥想：回忆。 ⑤小乔：乔玄的小女儿，生得闭月羞花，琴棋书画样样精通，是周瑜之妻。 ⑥英发：英俊勃发。 ⑦羽扇纶巾：手摇动羽扇，头戴纶巾。这是古代儒将的装束，形容周瑜从容娴雅。纶巾，古代配有青丝带的头巾。

⑧强虏：通“樯橹”，这里代指曹操的水军战船。樯，挂帆的桅杆。橹，一种摇船的桨。 ⑨故国：这里指旧地，当年的赤壁战场。⑩华发：花白的头发。 ⑪尊：通“樽”，酒杯。 ⑫酹：古人洒酒于地，表示祭奠。这里指洒酒酬月，寄托自己的感情。

【点评】

东坡“大江东去”赤壁词，语意高妙，真古今绝唱。《后山诗话》（作者陈师道，号后山居士，故又称“后山”“陈后山”。——编者注）谓：“退之以文为诗，子瞻以诗为词，如教坊雷大使之舞，虽极天下之工，要非本色。”余谓后山之言过矣。子瞻佳词最多，其时杰出者，如“大江东去，浪淘尽、千古风流人物”。

——胡仔

东坡“大江东去”词，其中云：“人道是、三国周郎赤壁。”陈无己见之，言：“不必道三国。”东坡改云“当日”。今印本两出，不知东坡已改之矣。

——曾季狸

东坡赤壁词殆戏以周郎自况也。词才百余字，而江山人物无复余蕴，宜其为乐府绝唱。

——元好问

东坡在玉堂日，有幕士善歌，因问：“我词何如柳七？”对曰：“柳郎中词，只合十七八女郎，执红牙板，歌‘杨柳岸、晓风残月’。学士词须关西大汉，铜琵琶，铁绰板，唱‘大江东去’。”东坡为之绝倒。

——俞文豹

题是怀古，意谓自己消磨壮心殆尽也。开口“大江东去”二句，叹浪淘人物，是自己与周郎俱在内也。“故垒”句至次阕“灰飞烟灭”句，俱就赤壁写周郎之事。“故国”三句，是就周郎拍到自己。“人生如梦”二句，总结以应起二句。总而言之，题是赤壁，心实为己而发。周郎是宾，自己是主。借宾定主，寓主于宾。是主是宾，离奇变幻，细思方得其主意处。不可但诵其词，而不知其命意所在也。

——黄苏

东坡赤壁怀古念奴娇词盛传千古，而平仄句调都不合格。词综详加辨正，从《容斋随笔》所载山谷手书本云：“大江东去，浪声沉、千古风流人物。故垒西边，人道是、三国孙吴赤壁。乱石崩云，惊涛掠岸，卷起千堆雪。江山如画，一时多少豪杰。遥想公瑾当年，小乔初嫁了，雄姿英发。羽扇纶巾，谈笑处、樯橹灰飞烟灭。故国神游，多情应是，笑我生华发。人生如寄，一樽还酹江月。”较他本浪声沉作浪淘尽，崩云作穿空，掠岸作拍岸，雅俗回殊，不仅孙吴作周郎，重下公瑾而已。惟谈笑处作谈笑间，人生作人间，尚误。至小乔初嫁句，谓了安属下乃合。考宋人词后段第二三句，作上五下四者甚多，仄韵念奴娇本不止一体，似不必比而同之。万氏《词律》仍从坊本，以此词为别格，殊谬。

——丁绍仪

雨中花慢（今岁花时深院）

初至密州，以累年旱蝗，斋素累月。方春牡丹盛开，遂不获一赏。至九月，忽开千叶一朵，雨中特为置酒，遂作。

今岁花时深院，尽日东风，轻飏茶烟。但有绿苔芳草，柳絮榆钱。闻道城西，长廊古寺，甲第名园。有国艳带酒，天香染袂，为我留连。

清明过了，残红无处，对此泪洒尊前。秋向晚、一枝何事，向我依然。高会聊追短景，清商①不假馀妍。不如留取，十分春态，付与明年。

【注释】

①清商：指秋风。

沁园春（孤馆灯青）

赴密州，早行，马上寄子由。

孤馆灯青，野店鸡号，旅枕梦残。渐月华收练①，晨霜耿耿②，云山摛锦③，朝露团团。世路无穷，劳生④有限，似此区区[5]长鲜[6]欢。微吟罢，凭[7]征鞍无语，往事千端。

当时共客长安[8]，似二陆[9]初来俱少年。有笔头千字，胸中万卷，致君尧舜，此事何难。用舍由时，行藏在我[10]，袖手何妨闲处看。身长健，但优游[11]卒岁，且斗[12]尊前。

【注释】

①练：生丝煮熟的白绢，比喻月光的皎洁。　②耿耿：微光。③摛锦：铺开锦缎。形容云雾缭绕的山峦色彩不一。　④劳生：辛苦的人生。　⑤区区：自称的谦词。　⑥鲜：少。　⑦凭：靠着，扶着。　⑧长安：此指京城汴梁。　⑨二陆：晋代陆云、陆机兄弟，俱有文才，此喻指苏轼、苏辙。　⑩“用舍”二句：《论语·述而》：“用之则行，舍之则藏。”意思是任用我就干，不用我就藏。时，时机、机缘。行藏，入世行道或出世隐居。　⑪优游：优闲自得。⑫斗：斗酒。

泛金船　流杯亭和杨元素[1]（无情流水多情客）

无情流水多情客，劝我如相识。杯行到手休辞却[2]，似轩冕相逼。曲水池上，小字更书年月。还对茂林修竹，似永和节[3]。

纤纤素手如霜雪，笑把秋花插。尊前莫怪歌声咽，又还是轻别。此去翱翔，遍上玉堂金阙。欲问再来何岁，应有华发。

【注释】

①杨元素：杨绘，字元素，苏式好友。　②辞却：拒绝、婉言谢绝的意思。　③“曲水”四句：语出东晋王羲之《兰亭集序》：“永和九年，岁在癸丑……此地有崇山峻岭，茂林修竹……”

一丛花　初春病起（今年春浅腊侵年）

今年春浅腊侵年[1]，冰雪破春妍[2]。东风有信[3]无人见，露微意、柳际花边。寒夜纵长，孤衾[4]易暖，钟鼓渐清圆[5]。

朝来初日半衔山，楼阁淡疏烟。游人便作寻芳计[6]，小桃杏、应已争先。衰病少悰，疏慵[7]自放，惟爱日高眠。

【注释】

①春浅腊侵年：在农历遇有闰月的年，其前立春节后较迟。春浅，指春天来得早。腊侵年，因上年有闰月，下年的立春日出现在上年的腊月中。腊，岁终之祭，祭日旧在冬季后约二十多天，称为腊日。②春妍：妍丽春光。　③东风有信：曹松《除夜》："残腊即又尽，东风应渐闻。"东风，春风。　④衾（qīn）：厚被。　⑤清圆：声音清亮圆润。　⑥寻芳计：踏青游览的计划。　⑦疏慵（yōng）：疏懒，懒散。

【点评】

春初病起，信笔书怀，当此花边柳际，裙屐争赴春游，而自放者日高犹卧，有此淡逸之怀，出以萧散之笔，遂成雅调。

——俞陛云

木兰花令　次欧公[1]西湖[2]韵（霜馀已失长淮阔）

霜馀已失长淮[3]阔，空听潺潺清颍[4]咽。佳人[5]犹唱醉翁词[6]，四十三年[7]如电抹[8]。

草头秋露流珠滑，三五[9]盈盈[10]还二八[11]。与余同是识翁人，惟有西湖波底月。

【注释】

①欧公：指欧阳修。　②西湖：此指安徽阜阳西三里的西湖，为颍河合诸水汇流处。　③长淮：淮河。刘长卿《送沈少府之任淮南》："一鸟飞长淮，百花满云梦。"　④清颍：指颍河，颍水，是淮河的重要支流。苏辙《鲜于子骏谏议哀辞》："登嵩高兮扪天，涉清颍兮波澜。"　⑤佳人：颍州地区的歌女。　⑥醉翁词：指欧阳修在颍州做太守时所写的歌咏颍州西湖的一些词。　⑦四十三年：皇祐元年（1049）欧阳修知颍州时作《木兰花令》词，到苏东坡次韵作此篇时正好四十三年。　⑧电抹：如一抹闪电，形容时光流逝之快。吴潜《满江红》："便使积官居鼎鼐，假饶累富堆金玉。似浮埃、

抹电转头空，休迷局。” ⑨三五：指十五日。李益《溪中月下寄扬子尉封亮》：“团团山中月，三五离夕同。” ⑩盈盈：美好的样子。⑪二八：指十六日。鲍照《玩月城西门廨中》：“三五二八时，千里与君同。”

【点评】

居士词岂无去国怀乡之感，殊觉哀而不伤。

——周辉

木兰花令　次马中玉①韵（知君仙骨无寒暑）

知君仙骨无寒暑，千载相逢犹旦暮。故将别语恼佳人，欲看梨花枝上雨。

落花已逐回风去，花本无心莺自诉。明朝归路下塘西，不见莺啼花落处。

【注释】

①马中玉：即马瑊，字中玉，合肥人。

木兰花令（梧桐叶上三更雨）

宿造口，闻夜雨，寄子由、才叔。

梧桐叶上三更雨，惊破梦魂无觅处。夜凉枕簟①已知秋，更听寒蛩②促机杼。

梦中历历来时路，犹在江亭醉歌舞。尊前必有问君人，为道别来心与绪。

【注释】

①枕簟（diàn）：枕席，泛指卧具。 ②寒蛩（qióng）：蟋蟀。

西江月　宝云真觉院赏瑞香（公子眼花乱发）

公子眼花乱发，老夫鼻观先通。领巾飘下瑞香风，惊起谪仙①春梦。

后土祠[2]中玉蕊，蓬莱殿后鞓红。此花清绝更纤秾，把酒何人心动。

【注释】

①谪仙：原指神仙被贬入凡间后的一种状态，引申为才情高超、清越脱俗的道家人物，如同自天上被谪居人世的仙人。汉朝的东方朔，唐朝的李白、杜甫，宋朝的苏轼等极有才能的文人，都曾被称为“谪仙”。　②后土祠：汉族民间广泛信仰的神祇，总司土地之神。

西江月（小院朱阑几曲）

坐客见和，复次韵。

小院朱阑几曲，重城画鼓三通。更看微月转光风，归去香云入梦。

翠袖争浮大白，皂罗半插斜红。灯花零落酒花秾，妙语一时飞动。

西江月（怪此花枝怨泣）

再用前韵，戏曹子方。坐客云瑞香为紫丁香，遂以此曲辨证之。

怪此花枝怨泣，托君诗句名通。凭将草木记吴风，继取相如云梦。

点笔袖沾醉墨，谤花面有惭红。知君却是为情秾，怕见此花撩动。

西江月（闻道双衔凤带）

闻道双衔凤带[1]，不妨[2]单着[3]鲛绡[4]。夜香[5]知与[6]阿谁[7]烧，怅望水沉[8]烟袅。

云鬓风前绿卷，玉颜醉里红潮[9]。莫教[10]空度可怜[11]宵，月与佳人共僚[12]。

【注释】

①双衔凤带：双凤共衔图案的绶带。李商隐《饮席代官妓赠两从事》："愿得化为红绶带，许教双凤一时衔。" ②不妨：不碍事。 ③单着：单薄穿着。 ④鲛绡：鲛人织的薄绡，纱质薄而价贵。干宝《搜神记》："南海之外有鲛人，水居，亦谓之泉客，织轻绡于泉室，出以卖之，价千金。" ⑤夜香：古代妇女晚时祷神烧的香。 ⑥与：为了。 ⑦阿谁：谁。 ⑧水沉：又名水沉香，放在水中能沉。古人烧水沉香，其烟气甚浓甚香，以示敬意。 ⑨红潮：红晕。 ⑩莫教：不要让（时光）。 ⑪可怜：可爱。沈玄机《感异记》："徘徊花上月，空度可怜宵。" ⑫僚：美好。《诗经·陈风·月出》："月出皎兮，佼人僚兮。"

西江月　重阳栖霞楼作（点点楼头细雨）

点点楼头细雨，重重江外平湖。当年戏马会东徐，今日凄凉南浦[1]。

莫恨黄花未吐，且教红粉相扶。酒阑不必看茱萸[2]，俯仰人间今古。

【注释】

①"当年"二句：当年宴会于徐州戏马台，今天可怜地孤居于水乡黄州。 ②茱萸：落叶小乔木，香气辛烈，可入药。据民间风俗，九月九日重阳节之时，佩茱萸能祛邪辟恶。

西江月（龙焙今年绝品）

送建溪双井茶、谷帘泉与胜之。徐君猷家后房，甚慧丽，自陈叙本贵种也。

龙焙[1]今年绝品，谷帘[2]自古珍泉。雪芽双井[3]散神仙，苗裔来从北苑。

汤发云腴酽[4]白，盏浮花乳轻圆。人间谁敢更争妍，斗取红窗粉面。

【注释】

①龙焙(bèi):茶名。 ②谷帘:茶名。 ③双井:茶名。④酽(yàn):稠。

西江月(别梦已随流水)

姑熟再见胜之,次前韵。

别梦已随流水,泪巾犹裛[1]香泉。相如依旧是臞仙[2],人在瑶台阆苑[3]。

花雾萦风缥缈,歌珠滴水清圆。蛾眉新作十分妍,走马归来便面[4]。

【注释】

①裛(yì):香气熏染。 ②臞(qú)仙:身体消瘦而精神抖擞的老人。 ③瑶台阆(láng)苑:华美的楼台,广大的园林。瑶,美玉。瑶台,结构精巧、雕饰华丽的楼台。阆,空旷。语出徐夤《鹤》:“阆苑瑶台岁月长,一归华表好增伤。” ④走马归来便面:骑马回来时还半遮着脸面。

西江月 黄州中秋(世事一场大梦)

世事一场大梦,人生几度新凉。夜来风叶[1]已鸣廊[2],看取眉头鬓上[3]。

酒贱[4]常愁客少[5],月明多被云妨[6]。中秋谁与共孤光[7],把盏[8]凄然北望。

【注释】

①风叶:风吹树叶发出的声音。 ②鸣廊:在回廊上发出声响。《淮南子·说山训》:“见一叶落而知岁之将暮。”徐寅《人生几何赋》:“落叶辞柯,人生几何。”此处是由风叶鸣廊联想到人生的短暂。 ③眉头鬓上:指眉头上的愁思,鬓上的白发。 ④贱:质量低劣。 ⑤客少:友人不敢往来。 ⑥妨:遮蔽。 ⑦孤光:独在中天的月亮。 ⑧盏:酒杯。

【点评】

一日不负朝廷，其怀君之心，末句可见矣。

——沈雄

兄弟之情，见于句意之间矣。

——胡仔

西江月　送钱待制穆父（莫叹平齐落落）

莫叹平齐落落，且应去鲁迟迟。与君各记少年时，须信人生如寄。

白发千茎相送，深杯百罚休辞。拍浮何用酒为池，我已为君德醉。

西江月（玉骨那愁瘴雾）

玉骨那愁瘴雾①，冰姿②自有仙风。海仙时遣探芳丛③，倒挂绿毛么凤④。

素面常嫌粉涴⑤，洗妆不褪唇红。高情已逐晓云空，不与梨花同梦。

【注释】

①瘴雾：南方山林中的湿热之气。　②冰姿：如冰一般的肌肤。　③芳丛：丛生的繁花。　④绿毛么凤：岭南珍禽。　⑤涴（wò）：污染。

【点评】

古今梅词，以东坡此首为第一。

——杨慎

《冷斋夜话》谓东坡在惠州作《梅花》时，时侍儿名朝云者，新亡，“其寓意为朝云作也”。

——俞陛云

西江月（照野弥弥浅浪）

顷在黄州，春夜行蕲水①中，过酒家，饮酒醉。乘月至一溪桥上，解鞍，曲肱醉卧少休。及觉已晓，乱山攒拥，流水锵然，疑非尘世也。书此语桥柱上。

照野弥弥[2]浅浪，横空隐隐层霄[3]。障泥[4]未解玉骢[5]骄[6]，我欲醉眠芳草。

可惜[7]一溪风月，莫教踏碎琼瑶[8]。解鞍攲枕绿杨桥，杜宇[9]一声春晓。

【注释】

①蕲水：水名，流经湖北蕲春县境，在黄州附近。　②弥弥：水波翻动的样子。　③层霄：弥漫的云气。　④障泥：马鞯，垂于马两旁以挡泥土。　⑤玉骢：良马。　⑥骄：壮健的样子。　⑦可惜：可爱。　⑧琼瑶：美玉。这里形容月亮在水中的倒影。　⑨杜宇：杜鹃鸟。

【点评】

自东坡一出，情性之外，不知有文字。

——元好问

西江月　平山堂（三过平山堂下）

三过平山堂[1]下，半生弹指[2]声中。十年不见老仙翁[3]，壁上龙蛇飞动[4]。

欲吊文章太守，仍歌杨柳春风[5]。休言万事转头空，未转头时是梦[6]。

【注释】

①平山堂：位于扬州大明寺侧，欧阳修所建。《舆地纪胜》："负堂而望，江南诸山拱列檐下，故名。"　②弹指：佛教名词，比喻时间短暂。《翻译名义集》卷五《时分》云"时极短者谓刹那也"，"壮士一弹指顷六十五刹那"，又云"二十念为一瞬，二十瞬为一弹指"。　③老仙翁：指欧阳修。　④龙蛇飞动：指欧阳修在平山堂壁留题的墨迹。　⑤"欲吊"二句：欧阳修《朝中措》："平山栏槛倚晴空，山色有无中。手种堂前垂柳，别来几度春风。文章太守，挥毫万字，一饮千钟。行乐直须年少，尊前看取衰翁。"是为"文章太

守”“杨柳春风”所本。 ⑥未转头时是梦：白居易《自咏》：“百年随手过，万事转头空。”此翻进一层，指未转头时，已是梦幻。

西江月（昨夜扁舟京口）

苏州[1]交代[2]，林子中[3]席上作。

昨夜扁舟京口，今朝马首长安。旧官何物对新官，只有湖山公案。

此景百年几变，个中下语千难。使君才气卷波澜，与把新诗判断。

【注释】

①苏州：应为“杭州”。 ②交代：交接官职。 ③林子中：苏轼友人，当时新任杭州太守。

临江仙（细马远驮双侍女）

龙丘子[1]自洛之蜀，载二侍女，戎装骏马，至溪山佳处辄留数日，见者以为异人。其后十年，筑室黄冈之北，号曰静安居士，作此词赠之。

细马远驮双侍女，青巾玉带红靴。溪山好处便为家。谁知巴峡路，却见洛城花。

面旋落英飞玉蕊，人间春日初斜。十年不见紫云车。龙丘新洞府，铅鼎[2]养丹砂。

【注释】

①龙丘子：即陈季常，名慥，号方山子，别号龙丘居士。此人喜谈佛法，晚年隐居在黄州、光州之间，与当时谪居在黄州的苏轼时有往来，并成为好友。 ②铅鼎：炼丹炉。铅为道家炼丹的主要原料，故名。亦借指道家修炼之事。

临江仙（诗句端来磨我钝）

诗句端来磨我钝，钝锥不解生铓[1]。欢颜为我解冰霜。酒阑清梦觉，春草满池塘。

应念雪堂坡下老，昔年共采芸香。功成名遂早还乡。回车[2]来过我，乔木拥千章。

【注释】

①铓（máng）：指锥、针一类的尖端。②回车：即回车院，临皋古名。

临江仙（我劝髯张归去好）

辛未离杭至润，别张弼秉道。

我劝髯张归去好，从来自己忘情。尘心消尽道心平。江南与塞北，何处不堪行。

俎豆[1]庚桑真过矣，凭君说与南荣。愿闻吴越报丰登。君王如有问，结袜赖王生。

【注释】

①俎（zǔ）豆：典出《论语·卫灵公》和《史记》卷四十七《孔子世家》。俎和豆，分别为古代祭祀、宴飨时盛食物用的两种礼器，亦泛指各种礼器。后引申为祭祀与崇奉之意。

临江仙　送李公恕（自古相从休务日）

自古相从休务[1]日，何妨低唱微吟。天垂云重作春阴。坐中人半醉，帘外雪将深。

闻道分司狂御史，紫云无路追寻[2]。凄风寒雨更骎骎[3]。问囚[4]长损气，见鹤忽惊心。

【注释】

①休务：休假。②“闻道”二句：杜牧为御史分司洛阳时，一日参加司徒李愿的宴会，席间询问谁是名唤紫云的歌妓，李愿指给他看。杜牧凝视很久后说：“名不虚传，应当把她送给我。”并吟诗一首：“华堂今日绮筵开，谁唤分司御史来？胡发狂言惊满座，两行红粉一时回。”③骎骎（qīn qīn）：疾速的样子。④问囚：指

审案断狱等公务。

临江仙　送王缄（忘却成都来十载）

忘却成都来十载，因君未免思量。凭将清泪洒江阳。故山知好在，孤客自悲凉。

坐上别愁君未见，归来欲断无肠。殷勤且更尽离觞。此身如传舍[①]，何处是吾乡？

【注释】

①传舍：旅舍。

【点评】

人有丧其爱子者，既哭之痛，不能自堪，遂引石孝友《西江月》词句，指其子之棺而詈之曰：“譬似当初没你。”常人闻之，或谓其彻悟，识者闻之，以为悲痛之极致也。此词结尾二句与此正同。

——顾随

临江仙（尊酒何人怀李白）

夜到扬州，席上作。

尊酒何人怀李白，草堂[①]遥指江东。珠帘十里卷香风。花开花谢，离恨几千重。

轻舸[②]渡江连夜到，一时惊笑衰容。语音犹自带吴侬[③]。夜阑对酒，依旧梦魂中。

【注释】

①草堂：草庐，简陋茅屋。　②轻舸（gě）：快船，小船。语出《晋书·陶舆传》：“舆率轻舸出其上流以击之，所向辄克。”　③吴侬：指吴地口音。

临江仙　惠州改前韵（九十日春都过了）

九十日春都过了，贪忙何处追游[①]。三分春色一分愁。雨翻榆荚[②]阵，风转柳花球。

我与使君皆白首，休夸年少风流。佳人斜倚合江楼。水光都眼净，山色总眉愁。

【注释】

①追游：寻胜而游，追随游览。　②榆荚：榆树的种子，因其酷似古代串起来的麻钱，所以也叫榆钱儿。

临江仙　风水洞①作（四大从来都遍满）

四大②从来都遍满③，此间风水④何疑⑤。故应为我⑥发新诗。幽花香涧谷，寒藻⑦舞沦漪⑧。

借与玉川生两腋，天仙未必相思⑨。还凭流水送人归。层巅馀落日，草露已沾衣。

【注释】

①风水洞：旧名恩德洞。《杭州图经》："洞去钱塘县旧治五十里，在杭州杨村慈岩院。洞极大，流水不竭。洞顶又有一洞，清风微出。故名曰风水洞。"　②四大：佛教用语，又称四界。佛教以地、水、火、风四者为宇宙组成的四大元素。此代指风光。　③遍满：遍布。④风水：风光水色。　⑤何疑：怎么可以和它相比。疑，比拟。⑥应为我："我应为"的倒置。　⑦寒藻：寒凉的水藻。此处指水清澈，因为清澈的水会使人顿生清凉之意。引自柳宗元《南涧中题》诗："羁禽响幽谷，寒藻舞沦漪。"　⑧沦漪（yī）：细小而成圈的水纹。　⑨"借与"二句：意为风水洞的风可借给卢仝乘风飞去，但天上群仙未必想见到他。这两句借调侃卢仝表明风水洞里的风很清爽。玉川，即唐代诗人卢仝，自号玉川子。他写过一首《走笔谢孟谏议寄新茶》，其中有："……唯觉两腋习习清风生。蓬莱山，在何处？玉川子，乘此清风欲归去。山上群仙司下土，地位清高隔风雨。"

临江仙　送钱穆父①（一别都门三改火）

一别都门②三改火③，天涯踏尽红尘。依然一笑作春温④。无波真古井⑤，有节⑥是秋筠⑦。

惆怅孤帆连夜发，送行淡月微云。尊前不用翠眉[8]颦[9]。人生如逆旅[10]，我亦是行人。

【注释】

①钱穆父：即钱穆，名勰，又称钱四。元祐三年（1088），因坐奏开封府狱空不实，出知越州（今浙江绍兴）。元祐五年（1090），又徙知瀛洲（治所在今河北河间）。元祐六年（1091）春，钱穆父赴任途中经过杭州，苏轼作此词以送。父，对有才德的男子的美称。②都门：指都城的城门。　③三改火：过了三年。古时钻木取火，因四季不同而改用不同的木材，称为"改火"。后来以"改火"指过了一年。《论语集解》马融曰："周书月令有更火之文。春取榆柳之火，夏取枣杏之火，季夏取桑柘之火，秋取柞楢之火，冬取槐檀之火。一年之中，钻火各异木，故曰'改火'。"　④春温：指春天的温暖。⑤古井：枯井。比喻内心恬静，情感不为外界事物所动。　⑥节：竹节，比喻人之节操。　⑦秋筠：秋天的竹子。　⑧翠眉：古代妇女的一种眉饰，即画绿眉，也专指女子的眉毛。　⑨颦：皱眉。　⑩逆旅：客舍。

临江仙（多病休文都瘦损）

疾愈登望湖楼，赠项长官。

多病休文都瘦损，不堪金带垂腰。望湖楼上暗香飘。和风春弄袖，明月夜闻箫。

酒醒梦回清漏永，隐床[1]无限更潮。佳人不见董娇娆。徘徊花上月，空度可怜宵[2]。

【注释】

①隐床：偃卧于床榻。　②可怜宵：可爱的夜晚。

临江仙　夜归临皋（夜饮东坡醒复醉）

夜饮东坡醒复醉，归来仿佛三更。家童鼻息已雷鸣。敲门都不应，倚杖听江声[1]。

长恨此身非我有，何时忘却营营[②]。夜阑[③]风静縠纹[④]平。小舟从此逝，江海寄馀生。

【注释】

①听江声：苏轼寓居临皋，在湖北黄冈县南长江边，故能听长江涛声。　②营营：周旋、忙碌、内心躁急的样子，形容奔走钻营，追逐名利。　③夜阑：夜尽。《文选·谢庄》的《宋孝武宣贵妃诔》有“白露凝兮岁将阑”，李善注曰“阑，犹晚也”。　④縠（hú）纹：比喻水波细纹。縠，绉纱类丝织品。

【点评】

壬戌九月，雪堂夜饮，醉归临皋作。

——王文诰

子瞻在黄州，与数客饮江上，夜归，江面际天，风露浩然，有当其意，乃作歌词，所谓“小舟从此逝，江海寄馀生”者，与客大歌数过而散。翼日喧传：“子瞻夜作此词，挂冠服江边，拏舟长啸去矣。”郡守徐君猷闻之，惊且惧，以为州失罪人，急命驾往谒，则子瞻鼻鼾如雷，犹未兴也。然此语卒传至京师，裕陵（宋人对神宗的习惯称呼）亦闻而疑之。

——叶梦得

临江仙（冬夜夜寒冰合井）

冬夜夜寒冰合井，画堂明月侵帏。青缸[①]明灭照悲啼。青缸挑欲尽，粉泪裛[②]还垂。

未尽一尊先掩泪，歌声半带清悲。情声两尽莫相违。欲知肠断处，梁上暗尘飞。

【注释】

①青缸：青色的灯光。　②裛（yì）：沾湿。

渔家傲（千古龙蟠并虎踞）

金陵赏心亭送王胜之龙图。王守金陵，视事[①]一日，移南郡[②]。

千古龙蟠并虎踞，从公一吊兴亡处。渺渺③斜风吹细雨。芳草渡，江南父老留公住。

公驾风车凌彩雾，红鸾④骖乘⑤青鸾驭。却讶此洲名白鹭。非吾侣，翩然欲下还飞去。

【注释】

①视事：就职治事，多指政事言。　②南郡：即南都，归德府，即今河南省商丘市，与东都开封、西都洛阳、北都大名齐名。　③渺渺：微弱貌。　④红鸾：神话传说中一种红色的仙鸟。出自王建《和蒋学士新授章服》："瑞草唯承天上露，红鸾不受世间尘。"　⑤骖乘：亦作"参乘"，古代乘车时居右边陪乘的人。古人乘车"尚左"，即以左方为尊。乘车时尊者在左，御者（驭手）居中，另有一人在右陪乘。陪乘的人就叫"骖乘"，其任务为随侍尊者，防备车辆倾侧。

渔家傲　送吉守江郎中（送客归来灯火尽）

送客归来灯火尽，西楼淡月凉生晕。明日潮来无定准。潮来稳，舟横渡口重城近。

江水似知孤客恨，南风为解佳人愠。莫学时流①轻久困。频寄问，钱塘江上须忠信。

【注释】

①时流：世俗之辈。

渔家傲　七夕（皎皎牵牛河汉女）

皎皎牵牛河汉女，盈盈临水无由语。望断碧云空日暮。无寻处，梦回芳草生春浦。

鸟散馀花纷似雨，汀洲①蘋老香风度。明月多情来照户。但揽取②，清光长送人归去。

【注释】

①汀洲：水中小洲。　②揽取：摘取，收取。

渔家傲　送张元康省亲秦州（一曲《阳关》情几许）

一曲《阳关》[①]情几许，知君欲向秦川去。白马皂貂[②]留不住。回首处，孤城不见天霏雾。

到日长安花似雨，故关杨柳初飞絮。渐见靴刀[③]迎夹路[④]。谁得似，风流膝上王文度[⑤]。

【注释】

①《阳关》：古曲调名，在送别时唱。比喻别离。　②皂貂：指黑貂制成的袍服。　③靴刀：一种置于靴中的短刀，下级官迎上级官时佩戴。　④夹路：列在道路两旁。　⑤王文度：《世说新语·方正》说王文度的父亲王兰田，“爱念文度，虽长大，犹抱置膝上”。

鹧鸪天（林断山明竹隐墙）

林断山明[①]竹隐墙，乱蝉衰草小池塘。翻空[②]白鸟时时见，照水红蕖[③]细细香。

村舍外，古城[④]旁，杖藜[⑤]徐步转斜阳。殷勤[⑥]昨夜三更雨，又得浮生[⑦]一日凉。

【注释】

①林断山明：树林断绝处，山峰显现出来。　②翻空：飞翔在空中。　③蕖（qú）：荷花。　④古城：指黄州古城。　⑤杖藜：拄着藜杖。杜甫《漫兴九首》其五：“杖藜徐步立芳洲。”藜，一种草本植物，此指藜木拐杖。　⑥殷勤：劳驾，有劳。　⑦浮生：意为世事不定，人生短促。李涉《题鹤林寺僧舍》：“偶经竹院逢僧话，又得浮生半日闲。”

【点评】

渊明诗：“啸傲东轩下，聊复得此生。”此词从陶诗中得来，逾觉清异。较“浮生半日闲”句，自是诗词异调。论者每谓坡公以诗笔入词，岂审音知言者？

——郑文焯

鹧鸪天（笑捻红梅亸翠翘）

陈公密出侍儿素娘，歌《紫玉箫[①]》曲劝老人酒，老人饮尽，为赋此词。

笑捻红梅亸[②]翠翘[③]，扬州十里最妖娆[④]。夜来绮席亲曾见，撮得精神滴滴娇。

娇后眼，舞时腰，刘郎几度欲魂消。明朝酒醒知何处，肠断云间《紫玉箫》。

【注释】

①紫玉箫：唐代出土的吹管乐器，箫管用紫玉制成，故称。②亸（duǒ）：下垂。　③翠翘：翠鸟羽毛般的首饰。　④妖娆：柔美妩媚。

少年游　端午赠黄守徐君猷（银塘朱槛曲尘波）

银塘[①]朱槛[②]曲尘波，圆绿卷新荷。兰条荐浴，菖花[③]酿酒，天气尚清和。

好将沉醉酬佳节，十分酒、一分歌。狱草烟深，讼庭人悄，无吝宴游[④]过。

【注释】

①银塘：清澈明净的池塘。　②朱槛：红色栏杆。　③菖花：即菖蒲花。江南每逢端午，都要悬菖蒲、艾叶于门、窗之上，饮菖蒲酒以祛避邪疫。　④宴游：宴饮游乐。

少年游（去年相送）

润州[①]作，代人寄远。

去年相送，馀杭门[②]外，飞雪似杨花。今年春尽，杨花似雪，犹不见还家。

对酒卷帘邀明月，风露透窗纱。恰似姮娥[③]怜双燕，分明照，画梁[④]斜。

【注释】

①润州：今属江苏省镇江市。　②馀杭门：宋时杭州北面的三座城门之一。　③姮娥：即嫦娥，原称姮娥，又有称其姓纯狐，名嫄娥。姮娥为神话中的人物，是后羿的妻子，美貌非凡，后飞天成仙，住在月亮上的仙宫中。　④画梁：有彩绘装饰的屋梁。

定风波（两两轻红半晕腮）

十月九日，孟亨之置酒[①]秋香亭。有双拒霜[②]独向君猷而开，坐客喜笑，以为非使君莫可当此花，故作是篇。

两两轻红半晕腮，依依独为使君回。若道使君无此意，何为，双花不向别人开？

但看低昂[③]烟雨里，不已，劝君休诉十分杯。更问尊前狂副使[④]，来岁[⑤]，花开时节与谁来？

【注释】

①置酒：陈设酒宴。　②拒霜：即木芙蓉。冬凋夏茂，仲秋开花，耐寒不落，故名。　③低昂：起伏，升降。　④狂副使：东坡自称狂醉团练副使。　⑤来岁：来年。

定风波（莫听穿林打叶声）

三月七日，沙湖道中遇雨，雨具先去，同行皆狼狈，余独不觉。已而遂晴，故作此。

莫听穿林打叶声，何妨吟啸[①]且徐行。竹杖[②]芒鞋[③]轻胜马，谁怕？一蓑烟雨任平生[④]。

料峭[⑤]春风吹酒醒，微冷，山头斜照却相迎。回首向来萧瑟[⑥]处，归去，也无风雨也无晴。

【注释】

①吟啸：高声吟唱。　②竹杖：竹制的手杖。　③芒鞋：草鞋。　④一蓑烟雨任平生：披着蓑衣在风雨里过一辈子也处之泰然。一蓑，即蓑衣，用棕制成的雨披。　⑤料峭：微寒的样子。

⑥萧瑟：风雨吹打树叶的声音。

南歌子（带酒冲山雨）

带酒冲[1]山雨，和衣睡晚晴。不知钟鼓报天明，梦里栩然[2]胡蝶一身轻。

老去才都尽，归来计未成。求田问舍[3]笑豪英[4]，自爱湖边沙路免泥行。

【注释】

①冲：冒着。　②栩然：欢乐畅快的样子。　③求田问舍：多方购买田地，到处问询屋价。舍，房子。　④豪英：豪杰英雄。

南歌子（日薄花房绽）

日薄花房绽，风和麦浪轻。夜来微雨洗郊坰[1]，正是一年春好近清明。

已改煎茶火，犹调入粥饧[2]。使君高会有馀清，此乐无声无味最难名。

【注释】

①坰（jiōng）：野外。　②饧（táng）：糖的古名。

南歌子　八月十八日观潮（海上乘槎侣）

海上乘槎侣，仙人萼绿华[1]。飞升[2]元不用丹砂。住在潮头来处渺天涯。

雷辊[3]夫差国，云翻海若[4]家。坐中安得弄琴牙。写取馀声归向《水仙》夸。

【注释】

①萼绿华：古代传说中道教女仙名，简称萼绿。她年约二十，身穿青衣，晋穆帝时，夜降羊权家，自此每月来六次，赠羊权诗及火浣布、金玉条脱等。　②飞升：道家生命理念，指借用工具或凭借自身从低维度空间文明飞升到最高维度空间文明。　③雷辊（gǔn）：雷

滚，雷鸣。 ④海若：传说中东海的海神，出自《庄子·秋水》："于是焉河伯始旋其面目，望洋向若而叹。"

南歌子（苒苒中秋过）

苒苒中秋过，萧萧两鬓华。寓身此世一尘沙，笑看潮来潮去了生涯。

方士[①]三山[②]路，渔人一叶家[③]。早知身世两聱牙，好伴骑鲸公子[④]赋雄夸。

【注释】

①方士：方术之士，古代自称能访仙炼丹以求长生不老的人。 ②三山：指蓬莱、方丈、瀛洲。 ③一叶家：以一叶扁舟为家。 ④骑鲸公子：指李白。俗传李白醉骑鲸鱼，溺死浔阳，故称。

南歌子（师唱谁家曲）

师唱谁家曲，宗风[①]嗣[②]阿谁？借君拍板与门槌，我也逢场作戏莫相疑。

溪女方偷眼[③]，山僧[④]莫皱眉。却愁弥勒下生[⑤]迟，不见老婆三五少年时。

【注释】

①宗风：佛教各宗系特有的风格、传统，多用于禅宗。 ②嗣：接续，继承。 ③偷眼：偷偷地窥看。 ④山僧：指住在山寺中的僧人。出自庾信《卧疾穷愁》："野老时相访，山僧或见寻。" ⑤弥勒下生：指弥勒上生兜率天后，经过五十六亿年降生人间，在华林园龙华树下向天人说法，超度信众。其主要经典有西晋竺法护译《观弥勒菩萨下生经》、后秦鸠摩罗什译《弥勒下生成佛经》、唐义净译《弥勒下生成佛经》。

南歌子　别润守许仲涂（欲执河梁手）

欲执河梁[①]手，还升月旦[②]堂。酒阑人散月侵廊，北客明朝归去雁南翔。

窈窕[3]高明玉[4]，风流郑季庄[5]。一时分散水云乡[6]，惟有落花芳草断人肠。

【注释】

①河梁：指分别之地。 ②月旦：月旦评的省称，指点评人物。 ③窈窕：指心灵仪表兼美的女子的样子。 ④高明玉：高莹，南徐的名妓。 ⑤郑季庄：郑容，南徐的名妓。 ⑥水云乡：水云弥漫、风景清幽的地方，多指隐者游居之地。

南歌子　湖州作（山雨萧萧过）

山雨萧萧过，溪风浏浏[1]清。小园幽榭[2]枕蘋汀[3]，门外月华如水[4]彩舟[5]横。

苕岸霜花[6]尽，江湖雪阵平。两山遥指海门青[7]，回首水云何处觅孤城。

【注释】

①浏浏：水流清澈的样子。 ②榭：筑在台上的敞屋。 ③蘋汀（tīng）：长满蘋草的水中小洲。 ④月华如水：月光皎洁柔和，如同闪光而缓缓流动的清水。形容月色美好。 ⑤彩舟：装饰华丽的船。 ⑥苕岸霜花：指岸上苕花盛开时白如霜雪。苕花，即芦花。⑦两山遥指海门青：钱塘江海门，两山对起，故称。

南歌子（紫陌寻春去）

紫陌[1]寻春去，红尘拂面来。无人不道看花回，惟见石榴新蕊一枝开。

冰簟[2]堆云髻[3]，金尊滟玉醅[4]。绿阴青子[5]莫相催，留取[6]红巾[7]千点照池台。

【注释】

①紫陌：指大路。陌，本指田间的小路，这里借指道路。紫，指道路两旁草木的颜色。 ②冰簟（diàn）：凉席。 ③云髻：古代妇女

的一种发髻。高如云，属高髻一类。以金银丝或头发围成高髻，其状或与云鬟相类。　④玉醅（pēi）：指美酒。醅，没滤过的酒。　⑤青子：指梅实。　⑥留取：犹留存。取，语助词。　⑦红巾：红色巾帕。

南歌子（卫霍元勋后）

黄州腊八日饮怀民小阁。

卫霍[①]元勋[②]后，韦平外族贤。吹笙只合在缑山[③]，同驾彩鸾归去趁新年。

烘暖烧香阁，轻寒浴佛天。他时一醉画堂前，莫忘故人憔悴老江边。

【注释】

①卫霍：西汉时期名将卫青和霍去病皆以武功著称，后世并称"卫霍"。　②元勋：指首功、大功，亦指为建立新的国家或朝代立大功的人。　③缑（gōu）山：即缑氏山，位于偃师市东南的府店镇府南村，景色清秀神奇，四周平畴无际。此处指修道成仙之处。

南歌子（笑怕蔷薇罥）

笑怕蔷薇罥[①]，行忧宝瑟[②]僵。美人依约在西厢，只恐暗中迷路认馀香。

午夜风翻幔[③]，三更月到床。簟纹如水[④]玉肌凉，何物与侬归去有残妆。

【注释】

①罥（juàn）：挂住。　②宝瑟：瑟的美称。　③幔：张在屋内的帐幕。　④簟纹如水：竹席细密的纹理像清凉的水一样，形容夏夜的清凉。簟，竹席。

南歌子（寸恨谁云短）

寸恨谁云短，绵绵岂易裁。半年眉绿[①]未曾开，明月好风闲处是人猜。

春雨消残冻，温风到冷灰。尊前一曲为谁回，留取曲中一拍待君来。

【注释】

①眉绿：深色的眉。

南歌子　楚守周豫出舞鬟（绀绾双蟠髻）

绀绾双蟠髻[①]，云攲小偃巾。轻盈红脸小腰身，叠鼓[②]忽催花拍斗精神。

空阔轻红歇，风和约柳春。蓬山[③]才调[④]更清新，胜似缠头[⑤]千锦共藏珍。

【注释】

①双蟠髻：古代妇女的一种发式，又名“龙蕊髻”，髻心大，有双根扎以彩色之缯。　②叠鼓：指击鼓声。　③蓬山：即蓬莱山，此处借指在座的词客。　④才调：即才气。　⑤缠头：赏歌舞人以锦彩置之头上，谓之“缠头”。杜甫《即事》诗：“笑时花近眼，舞罢锦缠头。”

南歌子（琥珀装腰佩）

琥珀装腰佩，龙香入领巾。只应飞燕是前身，共看剥葱[①]纤手舞凝神。

柳絮风前转，梅花雪里春。鸳鸯翡翠两争新，但得周郎一顾[②]胜珠珍。

【注释】

①剥葱：喻女子手指纤细白嫩。　②周郎一顾：出自“曲有误，周郎顾”之典。《吴志》曰：“瑜少精意于音乐，虽三爵之后，其有阙误，瑜必知之，知之必顾。”

好事近　黄州送君猷（红粉莫悲啼）

红粉莫悲啼，俯仰半年离别。看取雪堂坡下，老农夫凄切。

明年春水漾桃花，柳岸隘舟楫[①]。从此满城歌吹，看黄州阗咽[②]。

【注释】

①舟楫：船只。　②阗咽（tián yè）：言人物遍满之貌。

好事近　西湖夜归（湖上雨晴时）

湖上雨晴时，秋水半篙初没。朱槛俯窥[①]寒鉴[②]，照衰颜[③]华发[④]。

醉中吹堕白纶巾[⑤]，溪风漾流月。独棹[⑥]小舟归去，任烟波摇兀[⑦]。

【注释】

①俯窥：从高处往下看。　②寒鉴：寒光闪烁的镜子，此处比喻清澈闪光的水面。　③衰颜：衰老的容颜。　④华发：花白的头发。　⑤纶（guān）巾：古时头巾名，幅巾的一种，以丝带编成。⑥棹：划船的一种工具，形状和桨差不多。　⑦摇兀：飘荡，摆动。

鹊桥仙　七夕送陈令举（缑山仙子）

缑山仙子[①]，高情云渺[②]，不学痴牛騃[③]女。凤箫[④]声断月明中，举手谢时人欲去。

客槎[⑤]曾犯，银河波浪，尚带天风海雨。相逢一醉是前缘，风雨散飘然何处。

【注释】

①缑（gōu）山仙子：指王子乔。　②云渺：高远貌。　③騃（dāi）：同“呆”。　④凤箫：即排箫，参差如凤翼，故名。　⑤客槎（chá）：指升天所乘之槎。用晋张华《博物志》有人乘筏游天河遇牛女事。槎，木筏。

鹊桥仙　七夕和苏坚（乘槎归去）

乘槎归去，成都何在，万里江沱汉漾。与君各赋一篇诗，留织女、鸳鸯机[①]上。

还将旧曲，重赓[②]新韵，须信吾侪[③]天放[④]。人生何处不儿嬉[⑤]，看乞巧[⑥]、朱楼彩舫[⑦]。

【注释】

①鸳鸯机：织机的美称。 ②赓（gēng）：继续，连续。 ③吾侪（chái）：我辈，我们这类人。 ④天放：放任自然。 ⑤儿嬉：犹儿戏。 ⑥乞巧：农历七月七日夜，穿着新衣的少女们在庭院中向织女星乞求智巧，称为“乞巧”。 ⑦彩舫：画舫，一种五彩缤纷的船。

望江南 超然台作（春未老）

春未老，风细柳斜斜。试上超然台上看，半壕[①]春水一城花，烟雨暗千家。

寒食[②]后，酒醒却咨嗟[③]。休对故人思故国，且将新火[④]试新茶[⑤]，诗酒趁[⑥]年华。

【注释】

①壕：指护城河。 ②寒食：古时于冬至后一百零五日，禁火三日，谓之寒食节。 ③咨嗟：感叹声。 ④新火：寒食禁火，节后再举火称新火。 ⑤新茶：胡仔《苕溪渔隐丛话》前集卷四十六引《学林新编》云：“茶之佳品，造在社前；其次则火前，谓寒食节前也；其下则雨前，谓谷雨前也。”此处指寒食前采制的火前茶。 ⑥趁：利用时间、机会。

【点评】

这首词情由景发，情景交融。词中浑然一体的斜柳、楼台、春水、城花、烟雨等暮春景象，以及烧新火、试新茶的细节，细腻、生动地表现了作者细微而复杂的内心活动，表达了游子炽烈的思乡之情。将异乡之景与抒思乡之情结合得如此天衣无缝，足见作者艺术功力之深。

——龙榆生

望江南（春已老）

春已老，春服[1]几时成？曲水浪低蕉叶[2]稳，舞雩[3]风软纻罗[4]轻，酣咏乐升平。

微雨过，何处不催耕。百舌[5]无言桃李尽，柘林深处鹁鸪[6]鸣，春色属芜菁[7]。

【注释】

①春服：指春日穿的衣服。语出《论语·先进》：“莫春者，春服既成。” ②蕉叶：指形如蕉叶的酒杯。 ③舞雩（yú）：鲁国祭天求雨的土坛。 ④纻（zhù）罗：指麻织和丝织的服装。 ⑤百舌：一种只在春天鸣叫的鸟。 ⑥鹁（bó）鸪：鸟名。 ⑦芜菁：俗称大白菜。

卜算子（蜀客到江南）

自京口还钱塘，道中寄述古太守。

蜀客[1]到江南，长忆吴山[2]好。吴蜀风流[3]自古同[4]，归去应须早。

还与去年人，共藉[5]西湖草。莫惜尊前子细[6]看，应是容颜老。

【注释】

①蜀客：词人自称。蜀，四川的简称。苏轼是四川眉山人，客居江南。 ②吴山：在杭州。吴，在此泛指今江浙一带。 ③风流：此指风光景致美妙。 ④同：此指同样被人称道。 ⑤藉（jiè）：坐卧其上。 ⑥子细：通“仔细”。

卜算子 黄州定慧院寓居作（缺月挂疏桐）

缺月挂疏桐，漏断[1]人初静。谁见幽[2]人独往来，缥缈孤鸿[3]影。

惊起却回头，有恨无人省[4]。拣尽寒枝不肯栖，寂寞沙洲冷。

【注释】

①漏断：漏壶中的水已滴尽，指夜已深。漏，古代用壶漏滴水作为计时工具。　②幽：《易·履卦》云“幽人贞吉”，其义为幽囚。此处引申为幽静、优雅。　③孤鸿：张九龄《感遇》十二之四：“孤鸿海上来。”胡仔《苕溪渔隐丛话》前集卷三十九：“此词本咏夜景，至换头但只说鸿，正如《贺新郎》词‘乳燕飞华屋’，至换头但只说榴花。”　④无人省：犹言“无人识”。省，理解。

【点评】

东坡道人在黄州时作，语意高妙，似非吃烟火食人语。非胸中有万卷书，笔下无一点尘俗气，孰能至此？

——黄庭坚

语语双关，格奇而语隽，斯为超诣神品。

——黄苏

寓意高远，运笔空灵，措语忠厚，是坡仙独至处，美成、白石亦不能到也。

——陈廷焯

此词本咏夜景，至换头但只说鸿。正如《贺新郎》词“乳燕飞华屋”，本咏夏景，至换头但只说榴花。盖其文章之妙，语意到处即为之，不可限以绳墨也。

——胡仔

瑞鹧鸪　观潮（碧山影里小红旗）

碧山影里小红旗，侬是江南踏浪儿①。拍手欲嘲山简②醉，齐声争唱浪婆③词。

西兴④渡口帆初落，渔浦山头日未攲⑤。侬欲送潮歌底⑥曲，尊前还唱使君⑦诗。

【注释】

①踏浪儿：参加水戏的选手们。孟郊《送淡公诗》：“侬是清浪儿，每踏清浪游。”　②山简：西晋人，山涛子，字季伦，好酒。《晋书》记载当时的儿歌嘲他：“日暮倒载归，酩酊无所知。”李白《襄

阳歌》："傍人借问笑何事？笑杀山公醉似泥。" ③浪婆：波浪之神。 ④西兴：渡口名，位于浙江省萧山市西北。本名固陵，相传春秋时范蠡于此筑城。六朝时为西陵戍，五代吴越改名为"西兴"。 ⑤攲（qī）：通"欹"，倾斜。 ⑥底：什么。 ⑦使君：指杭州太守陈襄，字述古，神州侯官（今神州市区及闽侯县一带）人，在当时也是有名的诗人。是日作者与陈襄同游。

十拍子（白酒新开九酝）

白酒新开九酝[1]，黄花已过重阳。身外傥来[2]都似梦，醉里[3]无何即是乡。东坡日月长。

玉粉旋烹茶乳，金齑[4]新捣橙香。强染霜髭[5]扶翠袖，莫道狂夫[6]不解狂。狂夫老更狂。

【注释】

①九酝（yùn）：重酿的美酒。 ②傥（tǎng）来：意外得来。 ③醉里：有些醉意。 ④金齑（jī）：指切成细末的精美食物。齑，碎菜。 ⑤霜髭：白须。 ⑥狂夫：放荡不羁的人。

清平乐　送述古赴南都（清淮浊汴）

清淮浊汴，更在江西岸。红旆[1]到时黄叶乱，霜入梁王故苑。

秋原何处携壶，停骖[2]访古踟蹰。双庙[3]遗风尚在，漆园傲吏[4]应无。

【注释】

①红旆（pèi）：红旗。旆，古代旗帜末端状如燕尾的垂旒，泛指旌旗。 ②骖（cān）：古代驾在车前两侧的马。 ③双庙：即张巡、许远庙。张巡、许远，均为唐代人，在安禄山叛乱时，分别任真源令和睢阳太守。至德二年（757），二人共同据守睢阳（今河南省商丘），抵抗安禄山军。在内无粮草、外无援兵的情况下，依靠人民坚守数月。睢阳失陷，遭杀害。后来人民为其立庙以纪念。唐代韩愈

《张中丞传后叙》:“愈尝从事于汴、徐二府,屡道于两府间,亲祭于其所谓双庙者。其老人往往说巡、远时事。” ④漆园傲吏:比喻孤傲不仕之人。战国时的庄周做过漆园吏,楚威王派人送给他许多财物,请他到楚国为相。他说他不愿当牺牲品,让送礼物的人赶紧走开,以免弄脏他的地方。

昭君怨 金山送柳子玉(谁作桓伊三弄)

谁作桓伊三弄[1],惊破绿窗[2]幽梦。新月与愁烟,满江天[3]。

欲去又还不去[4],明日落花飞絮。飞絮送行舟,水东流。

【注释】

①桓伊三弄:桓伊,字叔夏,东晋时音乐家,善筝笛。《世说新语·任诞》载:“王子猷(徽之)出都,尚在渚下。旧闻桓子野善吹笛,而不相识。遇桓于岸上过,王在船中,客有识之者云:‘是桓子野。’王便令人与相闻云:‘闻君善吹笛,试为我一奏。’桓时已贵显,素闻王名,即便回,下车,踞胡床,为作三调。弄毕,便上车去,客主不交一言。” ②绿窗:碧纱窗。 ③“新月”二句:客将远行,故如此说。 ④欲去又还不去:欲去还留恋,终于不得不去。

戚氏(玉龟山)

玉龟山,东皇灵姥统群仙。绛阙[1]岧峣[2],翠房深迥倚霏烟[3]。幽闲,志萧然,金城千里锁婵娟。当时穆满巡狩,翠华曾到海西边。风露明霁,鲸波[4]极目,势浮舆盖[5]方圆。正迢迢丽日,玄圃[6]清寂,琼草芊绵。

争解绣勒香鞯[7],鸾辂[8]驻跸[9],八马戏芝田[10]。瑶池近、画楼隐隐,翠鸟翩翩。肆华筵[11],间作脆管鸣弦,宛若帝所钧天。稚颜皓齿,绿发方瞳圆极,恬淡高妍。

尽倒琼壶酒,献金鼎药,固大椿年[12]。缥缈飞琼妙舞,命双成、奏曲醉留连,云璈[13]韵响泻寒泉。浩歌畅饮,斜月低河汉。渐绮霞[14]、天际红深浅。动归思、回首尘寰[15],烂漫游、玉辇[16]东还。杏花风、数里响鸣鞭。望长安路，依稀柳色，翠点春妍。

【注释】

①绛阙：宫殿寺观前的朱色门阙，亦借指朝廷、寺庙、仙宫等。②岧峣（tiáo yáo）：山高峻貌。 ③霏烟：飘飞的云雾。 ④鲸波：犹言惊涛骇浪。杜甫《舟出江陵南浦奉寄郑少尹诗》："溟涨鲸波动，衡阳雁影徂。" ⑤舆盖：车舆与车盖，亦代指车。杨炯《群官寻杨隐居诗序》："方圆作其舆盖，日月为其扃牖。" ⑥玄圃：又称平圃、元圃，是汉族传说中的"黄帝之园"，内有奇花异石与各式美玉，昆仑山顶的神仙居处，黄帝之下都。玄圃之下有清凉山，四季都刮着清爽的凉风。凡人一旦登上此山即可成仙，长生不死。 ⑦香鞯（jiān）：华美的鞍垫。 ⑧鸾辂（luán lù）：天子王侯所乘之车。《吕氏春秋·孟春纪》："天子居青阳左个。乘鸾辂，驾苍龙。"高诱注："辂，车也。鸾鸟在衡，和在轼，鸣相应和。后世不能复致，铸铜为之，饰以金，谓之鸾辂也。" ⑨驻跸（bì）：皇帝后妃外出，途中暂停小住或帝王出行时开路清道、禁止通行。泛指跟帝王行止有关的事情。 ⑩芝田：古代传说中仙人种灵芝的地方。曹植《洛神赋》："尔乃税驾乎蘅皋，秣驷乎芝田。" ⑪华筵：丰盛的筵席。 ⑫椿年：典故名。《庄子集释》卷一上《内篇·逍遥游》："上古有大椿者，以八千岁为春，八千岁为秋。"后遂以"椿年"指大椿的年龄，为祝人长寿之词。 ⑬云璈：打击乐器，又名"云锣"，民间称"九音锣"，可演奏旋律。 ⑭绮霞：美丽的彩霞。 ⑮尘寰：人世间。 ⑯玉辇：天子所乘之车，以玉为饰，又称玉辂。

醉蓬莱（笑劳生一梦）

余谪居黄州，三见重九，每岁与太守徐君猷会于栖霞楼。今年公将去，乞郡湖南。念此惆然，故作是词。

笑劳生一梦，羁旅三年，又还重九。华发萧萧[1]，对荒园搔首。赖有多情，好饮无事，似古人贤守。岁岁登高，年年落帽[2]，物华[3]依旧。

此会应须烂醉，仍把紫菊红萸，细看重嗅。摇落霜风，有手栽双柳。来岁今朝，为我西顾，酹羽觞[4]江口。会与州人，饮公遗爱，一江醇酎[5]。

【注释】

①萧萧：指头发花白稀疏貌。 ②落帽：代指宴饮。 ③物华：自然景物。 ④羽觞：酒器。 ⑤醇酎（zhòu）：汉时酒名，后遂以“醇酎”指味厚的美酒。

贺新郎（乳燕飞华屋）

乳燕飞华屋，悄无人、桐阴转午，晚凉新浴。手弄生绡[1]白团扇[2]，扇手一时似玉[3]。渐困倚、孤眠清熟[4]。帘外谁来推绣户，枉教人梦断瑶台曲。又却是，风敲竹。

石榴半吐红巾蹙[5]。待浮花、浪蕊[6]都尽，伴君幽独。秾[7]艳一枝细看取，芳心千重似束[8]。又恐被、秋风惊绿[9]。若待得君来向此，花前对酒不忍触。共粉泪，两簌簌[10]。

【注释】

①生绡：生丝织品，即织成后未经煮捣的薄绸。 ②团扇：圆形薄绸扇子。汉成帝妃班婕妤因遭赵飞燕姊妹谮毁失宠，幽居长信宫，作《团扇诗》以自伤：“新裂齐纨素，鲜洁如霜雪。裁为合欢扇，团团似明月。”借团扇秋凉被弃比喻恩情中断，后因以“团扇”喻指佳人薄命失宠，此处暗用其意。 ③扇手一时似玉：指白团扇和嫩白手相接，乍看像连在一起的白玉一般。典出《世说新语·容止》，王夷甫美貌而皮肤洁白，一手提白玉柄麈尾（即拂尘），白玉柄与手指都没有分别。 ④清熟：形容睡觉恬静酣熟。 ⑤红巾蹙：形容石榴花半开时如红巾皱缩。 ⑥浮花、浪蕊：指轻浮斗艳而早早凋谢的桃、李、杏花等。韩愈《杏花》：“浮花浪蕊镇长有，才开还落瘴雾中。” ⑦秾（nóng）：艳丽，华丽。 ⑧千重似束：形容石榴花瓣重叠，也指佳人心事重重。 ⑨秋风惊绿：指秋风乍起使榴花凋谢，只剩绿叶。 ⑩两簌簌：形容花瓣与眼泪同落。清代黄苏《蓼园

词话》云："末四句是花是人，婉曲缠绵，耐人寻味不尽。"

【点评】

东坡此词，冠绝古今，托意高远，宁为一娼而发耶？

——胡仔

洞仙歌（江南腊尽）

江南腊[1]尽，早梅花开后。分付新春与垂柳。细腰肢、自有入格[2]风流，仍更是，骨体清英雅秀。

永丰坊[3]那畔，尽日[4]无人，谁见金丝[5]弄晴昼。断肠[6]是飞絮时，绿叶成阴，无个事[7]、一成[8]消瘦。又莫是东风逐君来，便吹散眉间，一点春皱。

【注释】

①腊：古代在农历十二月合祭众神叫作腊，因此农历十二月也叫腊月。 ②格：格调。 ③永丰坊：唐代长安地名，白居易有诗："一树春风万万枝，嫩于春色软于丝。永丰坊里东南角，尽日无人属阿谁。" ④尽日：一整天。 ⑤金丝：比喻柳树的垂条。 ⑥断肠：秋海棠花的别名。 ⑦无个事：没有一点儿事。 ⑧一成：宋时口语，犹"看看""渐渐"，指一段时间的推移。

【点评】

据唐人孟棨《本事诗》载：白居易有妾名小蛮，善舞，白氏比为杨柳，有"杨柳小蛮腰"之句。及年事高迈，小蛮还很年轻，因为杨柳之词以托意，曰："一树春风万万枝，嫩于金色软于丝。永丰坊里东南角，尽日无人属阿谁？"后宣宗听到此词，极表赞赏，遂命人取永丰柳两枝，移植禁中。东坡这里化用乐天诗意，略无痕迹，但平易晓畅的语句中，却藏有深沉的含义。

——夏承焘

洞仙歌（冰肌玉骨）

余七岁时，见眉山[1]老尼，姓朱，忘其名，年九十岁。自言尝随其师入蜀主孟昶[2]宫中。一日大热，蜀主与花蕊夫人[3]夜纳凉摩诃池[4]上，作一词，朱具[5]能记之。今四十年，朱已死久矣，人无知此词者。但记其首两句，暇日寻味，岂《洞仙歌令》乎？乃为足[6]之云。

冰肌[7]玉骨，自清凉无汗。水殿[8]风来暗香满。绣帘开、一点明月窥人，人未寝，攲[9]枕钗横鬓乱。

起来携素手，庭户无声，时见疏星渡河汉[10]。试问夜如何？夜已三更，金波[11]淡、玉绳[12]低转。但屈指西风几时来，又不道流年，暗中偷换。

【注释】

①眉山：今在四川眉山境内。　②孟昶（chǎng）：五代时蜀国君主，在位三十一年，后国亡降宋，知音律，善填词。　③花蕊夫人：孟昶的妃子，别号花蕊夫人。　④摩诃池：故址在今成都昭觉寺，始建于隋代，蜀国时曾改为宣华池。　⑤具：通“俱”，都的意思。　⑥足：补足。　⑦冰肌：肌肤洁白如冰雪。《庄子·逍遥游》：“有神人焉，肌肤若冰雪，绰约若处子。”　⑧水殿：建在摩诃池上的宫殿。　⑨攲：斜靠。　⑩河汉：银河。　⑪金波：指月光。　⑫玉绳：星名。《太平御览·天部五》引《春秋元命苞》曰：“玉衡北两星为玉绳。玉之为言沟，刻也。瑕而不掩，折而不伤。”宋均注曰：“绳能直物，故名玉绳。沟，谓作器。”玉衡，北斗第五星。秋夜半，玉绳渐自西北转，冉冉而降，时为夜深或近晓。

【点评】

《漫叟诗话》云：杨元素作《本事曲》，记《洞仙歌》云云。钱塘有老尼，能诵后主诗首章两句，后人为足其意，以填此词。余尝见一士人诵全篇云：“冰肌玉骨清无汗，水殿风来暗香满。帘开明月独窥人，攲枕钗横云鬓乱。起来琼户启无声，时见疏星渡河汉。屈指西风几时来，只恐流年暗中换。”又东坡《洞仙歌》序云云。苕溪渔隐曰：《漫叟诗话》所载《本事曲》云钱塘一老尼，能诵后主诗首章两句，与东坡《洞仙歌》序全然不同，当以序为正也。

——胡仔

予友陈兴祖德昭云："顷见一诗话，亦题云：'李季成作。'乃全载孟蜀主一诗：'冰肌玉骨清无汗，水殿风来暗香满。帘间明月独窥人，攲枕钗横云鬓乱。三更庭院悄无声，时见疏星度河汉。屈指西风几时来？只恐流年暗中换。'"云："东坡少年遇美人，喜《洞仙歌》，又邂逅处景色暗相似，故檃括稍协律以赠之也。"予以谓此说乃近之。据此，乃诗耳，而东坡自叙乃云是《洞仙歌令》，盖公以此叙自晦耳。《洞仙歌》腔出近世，五代及国初未之有也。

——张邦基

八声甘州　寄参寥子（有情风万里卷潮来）

有情风万里卷潮来，无情送潮归。问钱塘江上，西兴[1]浦口，几度斜晖。不用思量今古，俯仰昔人非。谁似东坡老，白首忘机[2]。

记取西湖西畔，正春山好处，空翠烟霏。算诗人相得[3]，如我与君稀。约他年、东还海道[4]，愿谢公、雅志莫相违。西州路，不应回首、为我沾衣[5]。

【注释】

①西兴：即西陵，在钱塘江南，今杭州市对岸，萧山县治之西。　②忘机：忘却世俗的机诈之心。《庄子·天地篇》云："有机械者必有机事，有机事者必有机心。"　③相得：相投合。　④"约他年"二句：据《晋书·谢安传》载，谢安东山再起后，时时不忘归隐，但终究还是病逝于西州门。羊昙素为谢所重，谢死后，羊昙一次醉中无意走过西州门，大哭而去。词人借这一典故安慰友人：自己一定不会像谢安一样雅志相违，使老友恸哭于西州门下。　⑤"西州路"三句：与"约他年"二句之句意相近。《晋书·谢安传》中记载，谢安过西州门病死之后，羊昙"辍乐弥年，行不由西州路"。

三部乐（美人如月）

美人如月，乍见[1]掩暮云，更增妍绝。算应无恨，安用阴晴圆缺。娇甚空只成愁，待下床又懒，未语先咽。数日不来，落尽一庭红叶。

今朝置酒强起[2]，问为谁减动[3]，一分香雪。何事散花却病，维摩[4]无疾，却低眉、惨然[5]不答。唱《金缕》[6]、一声怨切[7]。堪折便折，且惜取、少年花发。

【注释】

①乍见：初次看见。 ②强起：勉强起床。 ③减动：犹减却。 ④维摩：佛名，即维摩诘。 ⑤惨然：指心里悲痛的样子。 ⑥《金缕》：曲调《金缕曲》的省称。 ⑦怨切：悲切。

阮郎归（绿槐高柳咽新蝉）

绿槐高柳咽[1]新蝉，熏风初入弦[2]。碧纱窗下水沉烟[3]，棋声惊昼眠。

微雨过，小荷翻，榴花[4]开欲然[5]。玉盆[6]纤手[7]弄清泉，琼珠[8]碎却圆。

【注释】

①咽（yè）：声塞，这里指停息。 ②熏风初入弦：指《南风》之歌又要开始入管弦被人歌唱，以喻南风初起。熏风，和暖的南风，指初夏时的东南风。《吕氏春秋·有始》："东南曰熏风。" ③水沉烟：指沉香点燃时所生的烟或香气。 ④榴花：石榴花。 ⑤然：通"燃"，形容花红如火。 ⑥玉盆：指荷叶。 ⑦纤手：女性娇小柔嫩的手。 ⑧琼珠：形容水的泡沫。

【点评】

景是写情，情在笔先，景描楮上，色色如画。

——李攀龙

观者叹服其八句状八景。音律一同，殊不散乱，入争宝之。刻之琬琰，挂于堂室间也。

——沈雄

写闺情而不着妍辞，不作情语，自有一种闲雅之趣。

——俞陛云

阮郎归（暗香浮动月黄昏）

暗香浮动月黄昏，堂前[①]一树春。东风何事入西邻[②]，儿家常闭门。

雪肌冷，玉容[③]真，香腮粉未匀。折花欲寄岭头人，江南日暮春。

【注释】

①堂前：正房前面。 ②西邻：西边邻居。 ③玉容：指女子的容貌。

阮郎归（一年三度过苏台）

一年三过苏，最后赴密州，时有问这回来不来，其色凄然。太守王规父嘉之，令作此词。

一年三度过苏台[①]，清尊长是开。佳人相问苦相猜，这回来不来。

情未尽，老先催，人生真可咍[②]。他年桃李阿谁栽，刘郎[③]双鬓衰。

【注释】

①苏台：即姑苏台，这里借指苏州。 ②咍（hāi）：笑。 ③刘郎：东坡以刘禹锡喻自己。

江城子（梦中了了醉中醒）

陶渊明以正月五日游斜川[①]，临流班坐[②]，顾瞻南阜[③]，爱曾城[④]之独秀，乃作《斜川诗》[⑤]，至今使人想见其处。元丰壬戌[⑥]之春，余躬耕[⑦]于东坡，筑雪堂居之。南挹[⑧]四望亭之后丘，西控北山之微泉。慨然而叹，此亦斜川之游也。乃作长短句[⑨]，以《江城子》歌之。

梦中了了[10]醉中醒。只渊明，是前生[11]。走遍人间，依旧却[12]躬耕。昨夜东坡春雨足，乌鹊[13]喜，报新晴。

雪堂西畔暗泉鸣。北山倾[14]，小溪横。南望亭丘[15]，孤秀耸曾城。都是斜川当日境，吾老矣，寄馀龄[16]。

【注释】

①斜川：古地名，在今江西都昌、星子之间的鄱阳湖畔。②临流班坐：面对河流，依次而坐。③南阜：南山，指庐山。④曾城：又名层城，传说中昆仑山的最高级，系太帝之居。这里指庐山北面的鄣山。⑤《斜川诗》：指陶渊明《游斜川》诗。⑥元丰壬戌（rén xū）：宋神宗元丰五年（1082）。⑦躬耕：亲自耕种。⑧挹（yì）：通“抑”，抑制。⑨长短句：词曲的别称。⑩了了：明白，清楚。⑪前生：先出生，此有前辈之意。⑫却：还。⑬乌鹊：喜鹊。⑭倾：斜，此就山体形成的斜坡而言。⑮亭丘：即四望亭的后丘。⑯馀龄：余生。

江城子　孤山竹阁送述古（翠蛾羞黛怯人看）

翠蛾羞黛[1]怯人看。掩霜纨[2]，泪偷弹。且尽一尊，收泪[3]听《阳关》[4]。漫道[5]帝城[6]天样远，天易见，见君难。

画堂[7]新创近孤山[8]。曲阑干，为谁安。飞絮落花，春色属明年。欲棹小舟寻旧事，无处问，水连天。

【注释】

①翠蛾羞黛：指美女。②霜纨（wán）：指精致、洁白的绢扇。③收泪：止住眼泪，停止哭泣。④《阳关》：即《阳关曲》，王维《送元二使安西》诗谱入乐谱后所称，亦名《渭城曲》，用于送别场合。⑤漫道：莫说，不要讲。⑥帝城：京城。此处指述古赴任处商丘。⑦画堂：孤山寺内与竹阁相连接的柏堂。⑧孤山：在杭州湖边上。

【点评】

依依灼灼，喈喈嘤嘤，发蕴飞滞。

——沈际飞

东坡词句云："漫道帝城天样远，天易见，见君难。"笔意深折。

——冯振

江城子（凤凰山下雨初晴）

湖[①]上与张先[②]同赋，时闻弹筝。

凤凰山[③]下雨初晴。水风清，晚霞明。一朵芙蕖，开过尚盈盈。何处飞来双白鹭，如有意，慕娉婷[④]。

忽闻江上[⑤]弄哀筝[⑥]。苦含情，遣谁听。烟敛云收，依约是湘灵[⑦]。欲待曲终寻问取，人不见，数峰青[⑧]。

【注释】

①湖：指杭州西湖。 ②张先：字子野，乌程（今浙江湖州吴兴）人。北宋著名词人，曾任安陆县的知县，因此人称"张安陆"。③凤凰山：在杭州西湖南面。 ④娉婷：姿态美好，此指美女。⑤江上：宋袁文《瓮牖闲评》引作"筵上"。 ⑥哀筝：哀怨的筝声，语出三国曹丕《与朝歌令吴质书》："高谭娱心，哀筝顺耳。"⑦湘灵：湘水女神，相传原为舜妃。《楚辞·九歌》有《湘夫人》。⑧"欲待"三句：化用唐代钱起《湘灵鼓瑟》诗"曲终人不见，江上数峰青"句意。

江城子　密州出猎（老夫聊发少年狂）

老夫[①]聊[②]发少年狂[③]。左牵黄，右擎苍[④]。锦帽貂裘[⑤]，千骑卷平冈[⑥]。为报倾[⑦]城随太守[⑧]，亲射虎，看孙郎[⑨]。

酒酣胸胆尚开张[⑩]。鬓微霜[⑪]，又何妨。持节[⑫]云中[⑬]，何日遣冯唐。会[⑭]挽雕弓[⑮]如满月，西北望，射天狼[⑯]。

【注释】

①老夫：作者自称，时年四十。 ②聊：姑且。 ③狂：豪情。 ④左牵黄，右擎苍：左手牵着黄狗，右臂擎着苍鹰，形容围猎时用以追捕猎物的架势。黄，黄犬。苍，苍鹰。 ⑤锦帽貂裘：名词

作动词使用，戴着华美鲜艳的帽子。貂裘，身穿貂鼠皮衣，是汉羽林军穿的服装。 ⑥千骑卷平冈：形容马多，尘土飞扬，过山冈时像卷席子一般掠过。千骑，形容随从乘骑之多。 ⑦倾：全部。 ⑧太守：指作者自己。 ⑨孙郎：孙权，此处为作者自喻。《三国志·吴志·孙权传》载："二十三年十月，权将如吴，亲乘马射虎于凌亭，马为虎伤。权投以双戟，虎却废。常从张世，击以戈、获之。" ⑩酒酣胸胆尚开张：极兴畅饮，胸怀开阔，胆气横生。尚，更。 ⑪霜：白。 ⑫持节：指奉有朝廷重大使命。节，兵符，带着传达命令的符节。 ⑬云中：汉时郡名，今内蒙古自治区托克托县一带，包括山西省西北一部分地区。 ⑭会：会当，将要。 ⑮雕弓：弓背上有雕花的弓。 ⑯天狼：星名，一称犬星，旧说指侵掠，这里隐指西夏。《楚辞·九歌·东君》："长矢兮射天狼。"

江城子　别徐州（天涯流落思无穷）

天涯流落思无穷。既相逢，却匆匆。携手佳人，和泪折残红。为问东风馀几许，春纵在，与谁同？

隋堤[①]三月水溶溶。背归鸿，去吴中。回首彭城，清泗与淮通。欲寄相思千点泪，流不到，楚江东。

【注释】

①隋堤：隋炀帝大业年间，开通济渠，沿渠筑堤，并植杨柳，后人称为隋堤。

江城子　东武雪中送客（相从不觉又初寒）

相从不觉又初寒[①]。对尊前，惜流年。风紧[②]离亭[③]，冰结泪珠圆。雪意留君君不住，从此去，少清欢。

转头山下转头看。路漫漫，玉花翻。云海光宽，何处是超然。知道故人想念否，携翠袖，倚朱阑。

【注释】

①初寒：刚开始寒冷。 ②风紧：风急。 ③离亭：古时设在

大路边供行人休息的亭舍。

江城子（黄昏犹是雨纤纤）

大雪，有怀朱康叔使君，亦知使君之念我也，作此以寄之。

黄昏犹是雨纤纤。晓开帘，欲平檐。江阔天低，无处认青帘[①]。孤坐冻吟谁伴我，揩病目，捻衰髯。

使君留客醉厌厌[②]。水晶盐，为谁甜。手把梅花，东望忆陶潜。雪似故人人似雪，虽可爱，有人嫌。

【注释】

①青帘：请青布做的招子，指酒旗。　②厌厌：指饮酒欢乐、沉醉的样子。《诗经·小雅》："厌厌夜饮，不醉无归。"

江城子（玉人家在凤凰山）

陈直方妾嵇，钱塘人也，求新词，为作此。钱塘人好唱《陌上花》缓缓曲，余尝作数绝以纪其事。

玉人家在凤凰山。水云间，掩门闲。门外行人，立马看弓弯。十里春风谁指似，斜日映，绣帘斑。

多情好事与君还。闵[①]新鳏[②]，拭馀潸。明月空江，香雾着云鬟。陌上花开春尽也，闻旧曲，破朱颜。

【注释】

①闵：通"悯"，哀怜。　②鳏（guān）：无妻之人。

江城子（十年生死两茫茫）

乙卯[①]正月二十日夜记梦。

十年[②]生死两茫茫。不思量[③]，自难忘。千里[④]孤坟[⑤]，无处话凄凉。纵使相逢应不识，尘满面，鬓如霜[⑥]。

夜来幽梦[⑦]忽还乡。小轩窗[⑧]，正梳妆。相顾[⑨]无言，惟有泪千行。料得年年肠断处，明月夜，短松冈[⑩]。

【注释】

①乙卯：1075年，即北宋熙宁八年。　②十年：指结发妻子王弗去世已十年。　③思量：想念。　④千里：王弗葬地四川眉山与苏轼任所山东密州相隔遥远，故称“千里”。　⑤孤坟：指其妻王氏之墓。孟启《本事诗·徵异第五》载张姓妻孔氏赠夫诗：“欲知肠断处，明月照孤坟。”　⑥“尘满面”二句：形容年老憔悴。　⑦幽梦：梦境隐约，故云“幽梦”。　⑧小轩窗：指小室的窗前。轩，门窗。　⑨顾：看。　⑩“明月”二句：苏轼葬妻之地。短松，矮松。

【点评】

此首为公悼亡之作。真情郁勃，句句沉痛，而音响凄厉，陈后山所谓“有声当彻天，有泪当彻泉”也。

——唐圭璋

此词通篇采用白描手法，娓娓诉说自己的心情和梦境，抒发自己对亡妻的深情。情真意切，全不见雕琢痕迹；语言朴素，寓意却十分深刻。

——惠淇源

晁无咎（晁补之）曾经说苏轼之词“短于情”，由这首《江城子》来看，这种说法是不正确的。陈后山曰：“风韵如东坡，而谓不及于情，可乎？”

——张燕瑾

从这首词看，苏轼追求的似是一种更高的生活情趣，是能够互通衷曲的人生知己，因此他虽写的只是个人生活范围的感伤，却不黏不滞，冰清玉洁，在悼亡词中是不可多得的佳作。

——艾治平

蝶恋花（花褪残红青杏小）

花褪残红①青杏②小。燕子飞时，绿水人家绕。枝上柳绵③吹又少，天涯何处无芳草④。

墙里秋千墙外道。墙外行人，墙里佳人笑。笑渐不闻声渐悄，多情却被无情恼⑤。

【注释】

①花褪残红：花瓣落尽。褪，脱去。白居易《微之宅残牡丹》诗："残红零落无人赏，雨打风摧花不全。" ②青杏：未熟的杏子，颜色青绿，故俗称"青杏"。杏树一般四月上旬萌芽，中旬开花。五月上旬杏花凋谢，青杏结于枝头。孟元老《东京梦华录·四月八日》："四月八日（农历）佛生日，十大禅院各有浴佛斋会，……唯州南清风楼最宜夏饮，初尝青杏，乍荐樱桃，时得嘉宾，觥酬交错。" ③柳绵：即柳絮。韩偓《寒食日重游李氏园亭有怀》诗："往年同在莺桥上，见依朱阑咏柳绵。" ④天涯何处无芳草：指春光已晚，芳草长遍天涯。《离骚》："何所独无芳草兮，尔何怀乎故宇？" ⑤"墙里秋千"五句：张相《诗词曲语辞汇释》卷五："恼，犹撩也。……言墙里佳人之笑，本出于无心情，而墙外行人闻之，枉自多情，却如被其撩拨也。"又卷一："却，犹倒也；谨也。"却被，反被。

【点评】

"枝上柳绵"，恐屯田（柳永）缘情绮靡，未必能过。孰谓坡但解作"大江东去"耶？

——王士禛

极有理趣。

——沈雄

细玩此词上片之意境，与本集《满江红》（东武城南）之上片相似。而本词下片之意境，复与本集《蝶恋花》（帘外东风交雨霰）之上片相似。

——曹树铭

蝶恋花　代人赠别（一颗樱桃樊素口）

一颗樱桃樊素①口。不要黄金，只要人长久。学画鸦儿犹未就，眉间已作伤春皱。

扑蝶西园随伴走。花落花开，渐解相思瘦。破镜重来人在否，章台折尽青青柳。

【注释】

①樊素：白居易家的歌妓。后世以“樊素口”借指善歌艺妓的歌喉。

蝶恋花　京口得乡书[①]（雨后春容清更丽）

雨后春容清更丽。只有离人，幽恨[②]终难洗。北固山[③]前三面水，碧琼梳[④]拥青螺髻[⑤]。

一纸乡书来万里。问我何年，真个[⑥]成归计[⑦]。回首送春拚一醉，东风吹破千行泪。

【注释】

①乡书：家信。　②幽恨：内心深处的怨恨。　③北固山：在镇江北，北峰三面临水，形容险要，故称。　④碧琼梳：指水。⑤青螺髻：青色的螺形发髻，此处比喻北固山。　⑥真个：的确，真的。　⑦归计：回家乡的打算、办法。

蝶恋花　暮春别李公择[①]（簌簌无风花自堕）

簌簌[②]无风花自堕[③]。寂寞园林，柳老樱桃过。落日有情还照坐，山青一点横云破。

路尽河回人转柁。系缆[④]渔村，月暗孤灯火。凭仗飞魂招楚些[⑤]，我思君处君思我。

【注释】

①李公择：李常，字公择，建昌（今江西南城）人。　②簌簌：花落的声音。　③堕：悠然落下的样子。　④系缆：代指停泊某地。　⑤凭仗飞魂招楚些：语出《楚辞·招魂》：“魂兮归来，反故居些。”此处意思是像《楚辞·招魂》召唤屈原那样，召唤离去的友人。

【点评】

东坡词，胸有万卷，笔无点尘。其阔大处，不在能作豪放语，而在其襟怀有涵盖一切气象。若徒袭其外貌，何异东施效颦。东坡小令，清丽纡徐，雅人深致，另辟一境。设非胸襟高旷，焉能有此吐属。在此词中，苏东坡一改往日豪迈骄狂之风，立词于庭院花草枯荣，友人送别的凄哀之境，却不流于俗艳。“凭仗飞魂招楚些，我思君处君思我”。依然充满着乐观向上的精神。

——蔡嵩云

蝶恋花　密州上元[①]（灯火钱塘三五夜）

灯火钱塘[②]三五夜[③]，明月如霜，照见人如画。帐底吹笙香吐麝[④]，更无一点尘随马。

寂寞山城[⑤]人老也，击鼓吹箫，却入农桑社[⑥]。火冷灯稀霜露下，昏昏雪意云垂[⑦]野。

【注释】

①上元：农历正月十五日为上元节，也叫元宵节。　②钱塘：此处代指杭州城。　③三五夜：即每月十五日夜，此处指元宵节。　④麝（shè）：一种香料。　⑤山城：此处指密州。　⑥社：农村节日祭祀活动。《周礼》：“凡国祈年于田租，吹《豳雅》，击土鼓，以乐田畯（农神）。”王维《凉州郊外游望》：“婆娑依里社，箫鼓赛田神。”　⑦垂：靠近。

蝶恋花（帘外东风交雨霰）

微雪，客有善吹笛击鼓者，方醉中，有人送《苦寒诗》求和，遂以此答之。

帘外东风交雨霰[①]。帘里佳人，笑语如莺燕。深惜今年正月暖，灯光酒色摇金盏。

掺鼓[②]《渔阳》挝未遍。舞褪琼钗，汗湿香罗软。今夜何人吟古怨，清诗未了冰生砚。

【注释】

①雨霰（xiàn）：细雨和雪珠。出自苏颋《长乐花赋》：“冲雨霰之飞薄，任云山之险艰。”　②掺鼓：古代乐奏中的一种击鼓，特指《渔阳掺挝》。

蝶恋花（自古涟漪佳绝地）

过涟水军赠赵晦之。

自古涟漪佳绝地。绕郭荷花，欲把吴兴比。倦客尘埃何处洗，真君堂下寒泉水。

左海门前鱼酒市。夜半潮来，月下孤舟起。倾盖相逢拚一醉，双凫①飞去人千里。

【注释】

①双凫：两只水鸟。扬雄《解嘲》："譬若江湖之崖，渤澥之岛，乘雁集不为之多，双凫飞不为之少。"

蝶恋花（云水萦回溪上路）

云水萦回溪上路。叠叠青山，环绕溪东注。月白沙汀翘宿鹭①，更无一点尘来处。

溪叟相看私自语。底事区区，苦要为官去。尊酒不空田百亩，归来分取闲中趣。

【注释】

①宿鹭：栖息的鹭。

采桑子（多情多感仍多病）

润州甘露寺多景楼①，天下之殊景也。甲寅②仲冬，余同孙巨源③、王正仲④参会于此，有胡琴者姿色尤好。三公皆一时英秀，景之秀，妓之妙，真为希遇。饮阑，巨源请于余曰："残霞晚照，非奇才不尽。"余作此词。

多情多感⑤仍多病，多景楼中，尊酒相逢，乐事回头一笑空。

停杯⑥且听琵琶语，细捻⑦轻拢⑧，醉脸⑨春融⑩，斜照江天一抹红。

【注释】

①多景楼：在今江苏省镇江市润州区北固山甘露寺内，宋人所筑，北临大江，有“天下殊景”之誉。②甲寅：1074年，即宋神宗熙宁七年。③孙巨源：名洙，字巨源。苏轼友人。④王正仲：名存，字正仲。苏轼友人。⑤多情多感：感情丰富，容易伤感。⑥停杯：谓停止饮酒。⑦捻（niǎn）：弹奏指法，揉弦。⑧拢（lǒng）：弹奏指法，叩弦。⑨醉脸：醉后的面色。⑩春融：像春日一样暖和。

【点评】

词笔莫妙于留。盖能留则不尽而有余味，离合顺逆，皆可随意指挥，而深沉浑厚，皆由此得。

——陈洵

千秋岁　徐州重阳作（浅霜侵绿）

浅霜侵绿，发少仍新沐[1]。冠直缝，巾横幅。美人怜我老，玉手簪金菊。秋露重，真珠满袖沾馀馥。

坐上人如玉，花映花奴肉。蜂蝶乱，飞相逐。明年人纵健，此会应难复。须细看，晚来明月和银烛。

【注释】

①新沐：刚洗头发。《庄子·田子方》：“老聃新沐，方将被发而乾。”《楚辞·渔父》：“新沐者必弹冠，新浴者必振衣。”

苏幕遮　咏选仙图（暑笼晴）

暑笼晴，风解愠[1]，雨后馀清，暗袭衣裾润。一局选仙[2]逃暑困，笑指尊前，谁向青霄近。

整金盆，轮玉笋。凤驾鸾车，谁敢争先进。重五休言升最紧。纵有碧油，到了输堂印[3]。

【注释】

①风解愠：风可以消除心中的烦恼，让人心情舒畅。愠，恼怒、

怨恨。《孔子家语·辩乐》："昔日舜弹五弦之琴，造《南风》之诗，其诗曰：'南风之熏兮，可以解吾民之愠兮。'" ②选仙：古代一种赌钱的游戏。出自宋代王珪《宫词》之八一："尽日闲窗赌选仙，小娃争觅到盆钱。上筹得占蓬莱岛，一掷乘鸾出洞天。" ③凤驾、鸾车、重五、碧油、堂印：皆为选仙彩名，在选仙图上分别对应一格。重五即两个五点，两个四点称为堂印。

永遇乐（长忆别时）

孙巨源以八月十五日离海州[①]，坐别于景疏楼[②]上。既而与余会于润州[③]，至楚州[④]乃别。余以十一月十五日至海州，与太守会于景疏楼上，作此词以寄巨源。

长忆别时，景疏楼上，明月如水。美酒清歌[⑤]，留连不住，月随人千里。别来三度[⑥]，孤光[⑦]又满，冷落共谁同醉。卷珠帘、凄然顾影[⑧]，共伊[⑨]到明无寐[⑩]。

今朝有客，来从濉上[⑪]，能道使君深意。凭仗清淮，分明到海，中有相思泪。而今何在，西垣[⑫]清禁[⑬]，夜永[⑭]露华[⑮]侵被。此时看、回廊晓月，也应暗记。

【注释】

①海州：今江苏连云港市西南。 ②景疏楼：在海州东北。宋叶祖洽因景仰汉人二疏（疏广、疏受）建此楼。 ③润州：今江苏镇江。 ④楚州：今江苏淮安。 ⑤清歌：不用乐器伴奏的歌唱。 ⑥三度：指三度月圆。孙巨源八月十五日离海州，至东坡十月十五日作此词，三见月圆。 ⑦孤光：日月之光，此处指月光。贾岛《酬朱侍御望月见寄》："相思唯有霜台月，忘尽孤光见却生。"方干《君不来》："夜月生愁望，孤光必照君。"东坡《西江月》："中秋谁与共孤光。" ⑧顾影：自顾其影。 ⑨伊：第三人称代词，此处指月。 ⑩无寐：不睡，不能入睡。 ⑪淮上：指楚州。 ⑫西垣：指中书省。 ⑬清禁：皇宫。 ⑭夜永：夜长，夜深。 ⑮露华：露水。

永遇乐（明月如霜）

彭城夜宿燕子楼[1]，梦盼盼，因作此词。

明月如霜，好风如水，清景无限。曲港跳鱼，圆荷泻露，寂寞无人见。紞[2]如三鼓，铿然一叶，黯黯梦云惊断。夜茫茫、重寻无处，觉来小园行遍。

天涯倦客，山中归路，望断故园心眼。燕子楼空，佳人何在，空锁楼中燕。古今如梦，何曾梦觉，但有旧欢新怨。异时对、黄楼夜景，为余浩叹[3]。

【注释】

①燕子楼：江苏徐州五大名楼之一，因飞檐挑角形如飞燕而得名。 ②紞（dǎn）：击鼓声。 ③浩叹：指长叹，大声叹息。语出王勃《益州夫子庙碑》："命归齐去鲁，发浩叹於衰周。"

行香子　茶词（绮席才终）

绮席[1]才终，欢意犹浓。酒阑[2]时、高兴无穷。共夸君赐，初拆臣封。看分香饼，黄金缕，密云龙。

斗赢一水，功敌千钟。觉凉生、两腋清风。暂留红袖，少却纱笼。放笙歌散，庭馆静，略从容。

【注释】

①绮席：华丽的席具，盛美的筵席。 ②酒阑：酒筵将尽。《史记·高祖本纪》："酒阑，吕公因目固留高祖。"裴骃集解引《文颖》曰："阑言希也。谓饮酒者半罢半在，谓之阑。"

行香子（三入承明）

三入承明[1]，四至九卿[2]，问儒生、何辱何荣？金张七叶[3]，纨绮貂缨[4]。无汗马事，不献赋[5]，不明经[6]。

成都卜肆，寂寞君平[7]。郑子真[8]、严谷躬耕。寒灰炙手[9]，人重人轻。除竺乾学[10]，得无念，得无名。

【注释】

①三入承明：汉代有承明殿，旁建室以供值宿侍臣居之，曰承明庐。“三入承明”是说三次入朝为官。　②九卿：汉代仅次于三公的高级官员。　③金张七叶：指金日磾（jīn mì dī）和张安世七代为侍中常侍。金，即汉武帝的亲信贵臣金日磾。张，指汉代张安世。七叶，七代。　④纨绮貂缨：纨绮谓贵者之服。纨，白色细绢。绮，细绫。貂缨，用貂尾制成之冠饰。　⑤献赋：古时辞赋家把自己所作的辞赋呈献给皇帝，求得赏识。　⑥明经：原意是明晓儒家的经书，“明经”是古代选官考试的一种科目。　⑦君平：指西汉末年蜀人严君平，他甘于寂寞，以贫贱清静守，卜筮于成都街市。　⑧郑子真：即郑朴，字子真，西汉末年隐士，躬耕于岩谷之下。　⑨寒灰炙手：寒灰，指无法富贵的人。炙手，指权势高贵的人。　⑩除竺乾学：指佛学，佛学本自西竺乾天。除，除授。

行香子（清夜无尘）

清夜无尘[①]，月色如银。酒斟时、须满十分[②]。浮名浮利，虚苦[③]劳神。叹隙中驹[④]，石中火，梦中身[⑤]。

虽抱文章，开口谁亲[⑥]。且陶陶、乐尽天真[⑦]。几时归去，作个闲人。对一张琴，一壶酒，一溪云。

【注释】

①尘：尘滓，细小的尘灰渣滓。　②十分：古代盛酒器。形如船，内藏风帆十幅。酒满一分则一帆举，十分为全满。　③虚苦：徒劳，无意义的劳苦。　④叹隙中驹：感叹人生短促，如同快马驰过隙缝。隙中驹，语出《庄子·知北游》：“人生天地之间，若白驹之过隙，忽然而已。”　⑤石中火，梦中身：比喻生命短促，如同击石迸出一闪即灭的火花，像梦境中的短暂经历。石中火，语出北齐刘昼《新论·惜时》：“人之短生，犹如石火，炯然而过。”梦中身，语出《关尹子·四符》：“知此身如梦中身。”　⑥虽抱文章，开口谁亲：虽然怀有文章才学，有话对谁说，谁是知音呢？古代士人“宏才乏近

用”，这里感慨不被知遇。 ⑦且陶陶、乐尽天真：是其现实享乐的方式。《诗经·王风·君子阳阳》：“君子陶陶，……其乐只且！”陶陶，无忧无虑、单纯快乐的样子。

行香子 病起小集（昨夜霜风）

昨夜霜风，先入梧桐。浑无处、回避衰容。问公何事，不语书空[①]。但一回醉，一回病，一回慵。

朝来庭下，飞英如霰。似无言、有意催侬[②]。都将万事，付与千钟。任酒花白，眼花乱，烛花红。

【注释】

①书空：用手指在空中虚划字形。 ②侬：我。

行香子 丹阳寄述古（携手江村）

携手江村，梅雪[①]飘裙。情何限、处处消魂[②]。故人不见，旧曲重闻。向望湖楼[③]，孤山寺[④]，涌金门[⑤]。

寻常行处，题诗[⑥]千首。绣罗衫、与拂红尘。别来相忆，知是何人。有湖[⑦]中月，江[⑧]边柳，陇[⑨]头云。

【注释】

①梅雪：梅花开时，洁白的花瓣就像雪片。 ②消魂：为情所感，若魂魄离散，常用来形容极度悲伤。江淹《别赋》：“黯然销魂者，惟别而已矣。” ③望湖楼：亦称看经楼，在杭州西湖旁，五代吴越王钱俶（chù）所建。 ④孤山寺：在西湖里外二湖之间，有孤峰，名曰孤山，山上有寺，南朝陈代所建。 ⑤涌金门：杭州城旧有十门，正西门称涌金门。 ⑥题诗：宋代吴处厚《青箱杂记》：“寇莱公（寇准）典陕日，与处士魏野同游僧寺，观览旧游，有留题处，公诗皆用碧纱笼之，至野诗则尘蒙其上。时从行官妓之慧黠者，辄以红袖拂之。野顾公曰：‘若得常将红袖拂，也应胜着碧纱笼。’莱公大笑。”此处借指与友人游览题诗。 ⑦湖：指西湖。 ⑧江：指钱塘江。 ⑨陇：冈垄，指孤山。

行香子　过七里濑[1]（一叶舟轻）

一叶[2]舟轻，双桨鸿惊。水天清、影湛[3]波平。鱼翻藻鉴[4]，鹭[5]点烟汀[6]。过沙溪急，霜溪冷，月溪明。

重重似画，曲曲如屏[7]。算当年、虚老严陵[8]。君臣[9]一梦，今古空名[10]。但远山长，云山乱，晓山青。

【注释】

①七里濑：又名七里滩、七里泷，位于今浙江省桐庐县城南三十里。钱塘江两岸山峦夹峙，水流湍急，连绵七里，故名。濑，从沙石上流过的湍急的水流。　②一叶：舟轻小如叶，故称“一叶”。③湛（zhàn）：清澈。　④藻鉴：指背面刻有鱼、藻之类纹饰的铜镜，此处为比喻，指水面像镜子一样平。藻，生活在水中的一种隐花植物。鉴，镜子。　⑤鹭：一种水鸟。　⑥汀（tīng）：水中或水边的平地，小洲。　⑦屏：屏风，室内用具，用以挡风或障蔽。　⑧严陵：即严光，字子陵，东汉人，曾与刘秀同学，并助刘秀打天下。刘秀称帝后，他改名隐居。刘秀三次派人才把他召到京师，授谏议大夫，他不肯接受，归隐富春江，终日钓鱼。　⑨君臣：君指刘秀，臣指严光。　⑩虚名：世人多认为严光钓鱼是假，“钓名”是真。此处指刘秀称帝和严光垂钓都不过是梦一般的虚名而已。

菩萨蛮（绣帘高卷倾城出）

绣帘高卷倾城出，灯前潋滟横波溢。皓齿发清歌，春愁[1]入翠蛾[2]。

凄音休怨乱[3]，我已无肠断。遗响[4]下清虚，累累[5]一串珠。

【注释】

①春愁：春日的愁绪。　②翠蛾：指眉毛。古人称女子细而长的眉毛为蛾眉，因为其形似蛾的触须。又因为古代女子以黛画眉，黛是青黑色颜料，故称翠蛾。　③怨乱：悲怨杂乱。　④遗响：余音。　⑤累累：单个事物相连成串。

菩萨蛮　赠徐君猷笙妓（碧纱微露纤掺玉）

碧纱微露纤掺玉，朱唇渐暖参差竹[①]。越调变新声，龙吟[②]彻骨清。

夜阑残酒醒，惟觉霜袍[③]冷。不见敛眉[④]人，胭脂觅旧痕。

【注释】

①参差竹：笙的别称。因笙的各苗管长度参差不齐，故称。②龙吟：指龙发出声音，形容声音深沉或细碎。也形容箫笛类管乐器声音响亮。　③霜袍：洁白如霜的袍子。　④敛眉：双眉紧蹙。

菩萨蛮　西湖送述古（秋风湖上萧萧雨）

秋风湖上萧萧雨，使君欲去还留住。今日漫留君，明朝愁杀人。

佳人千点泪，洒向长河水。不用敛双蛾，路人啼更多。

菩萨蛮（玉童西迓浮丘伯）

杭妓往苏迓新守杨元素，寄苏守王规甫。

玉童西迓浮丘伯[①]，洞天冷落秋萧瑟。不用许飞琼[②]，瑶台空月明。

清香凝夜宴，借与韦郎看。莫便向姑苏，扁舟下五湖。

【注释】

①浮丘伯：齐国人，战国至汉初儒家学者。浮丘伯精于《诗》，秦时传授楚元王刘交、申培公、白生、穆生等人。到秦焚书时，弟子楚元王等相别去。　②许飞琼：古代民间神话传说中西王母的侍女。她美艳绝伦，曾与女伴偷游人间，在汉泉台下遇到书生郑交甫，相见倾心，摘下胸前佩戴的明珠相赠，以表爱意。

菩萨蛮　席上和陈令举（天怜豪俊腰金晚）

天怜豪俊腰金晚，故教月向松江满。清景为淹留①，从君都占秋。

身闲惟有酒，试问遨游首。帝梦已遥思，匆匆归去时。

【注释】

①淹留：长期逗留，羁留。

菩萨蛮（娟娟缺月西南落）

西湖席上，代诸妓送陈述古。

娟娟缺月西南落，相思拨断琵琶索。枕泪梦魂中，觉来眉晕重。

华堂堆烛泪，长笛吹新水。醉客各西东，应思陈孟公①。

【注释】

①陈孟公：即陈遵，杜陵（今西安）人。

菩萨蛮　润州和元素（玉笙不受珠唇暖）

玉笙①不受珠唇暖，离声凄咽胸填满。遗恨几千秋，心留人不留。

他年京国酒，堕②泪攀枯柳。莫唱短因缘，长安远似天。

【注释】

①玉笙：饰玉的笙。亦用为笙之美称。　②堕：水珠下滴。

菩萨蛮（画檐初挂弯弯月）

七夕黄州朝天门上二首。

画檐①初挂弯弯月，孤光未满先忧缺。遥认玉帘钩②，天孙③梳洗楼。

佳人言语好，不愿求新巧。此恨固应知，愿人无别离。

【注释】

①画檐：有画饰的屋檐。 ②玉帘钩：比喻弦月。 ③天孙：织女星。民间传说牵牛、织女分居天河两岸，每年七月七日喜鹊飞到天河填河成桥，让他们相会。后遂用“天孙”等为典，谓使男女结合，夫妻相聚，亦用来咏七夕。

菩萨蛮（城隅静女何人见）

城隅①静女②何人见，先生日夜歌彤管。谁识蔡姬③贤，江南顾彦先④。

先生那久困，汤沐⑤须名郡。惟有谢夫人⑥，从来是拟伦⑦。

【注释】

①城隅：城角，多指城根偏僻空旷处。 ②静女：文雅的姑娘。静，娴静。语出《诗·邶风·静女》：“静女其姝，俟我于城隅。” ③蔡姬：蔡文姬。 ④顾彦先：西晋顾荣。 ⑤汤沐：汤沐邑，周代供诸侯朝见天子时住宿并沐浴斋戒的封地，也指国君、皇后、公主等收取赋税的私邑。 ⑥谢夫人：谢道韫。 ⑦拟伦：比拟，伦比。

菩萨蛮（买田阳羡吾将老）

买田阳羡①吾将老，从来不为溪山好。来往一虚舟，聊从造物游②。

有书仍懒著，且漫歌归去。筋力不辞诗，要须风雨时。

【注释】

①阳羡：今江苏宜兴县。 ②聊从造物游：此句谓超越世间事物，而达于超脱自在之境界。

菩萨蛮　回文①（落花闲院春衫薄）

落花闲院春衫薄，薄衫春院闲花落。迟日②恨依依，依依恨日迟。

梦回莺舌弄，弄舌莺回梦。邮便问人羞，羞人[3]问便邮[4]。

【注释】

①回文：诗词的一种形式，回环往复均能成诵。相传起于前秦窦滔妻苏蕙的《璇玑图》。②迟日：指春日。语出《诗·豳风·七月》："春日迟迟。" ③羞人：害羞，难为情。④便邮：顺便传递书信，亦指顺便代人传递书信的人。

菩萨蛮（火云凝汗挥珠颗）

火云[1]凝汗挥珠颗，颗珠挥汗凝云火。琼暖碧纱轻，轻纱碧暖琼。

晕腮嫌枕印，印枕嫌腮晕。闲照晚妆残，残妆晚照闲。

【注释】

①火云：即红云，多指炎夏。

菩萨蛮（峤南江浅红梅小）

峤南[1]江浅红梅小，小梅红浅江南峤。窥我向疏篱，篱疏向我窥。

老人行即到，到即行人老。离别惜残枝，枝残惜别离。

【注释】

①峤南：指岭南。

菩萨蛮 回文四时闺怨（翠鬟斜幔云垂耳）

翠鬟[1]斜幔[2]云垂耳，耳垂云幔斜鬟翠。春晚睡昏昏，昏昏睡晚春。

细花梨雪[3]坠，坠雪梨花细。颦浅念谁人[4]，人谁念浅颦[5]。

【注释】

①翠鬟：妇女环形的发式。 ②幔：遮盖。 ③梨雪：梨花。梨花色白、片小，犹如雪花，故称。 ④谁人：何人，哪个人。 ⑤浅颦：眉微蹙貌。

菩萨蛮（柳庭风静人眠昼）

柳庭风静人眠昼，昼眠[①]人静风庭柳。香汗薄衫凉，凉衫[②]薄汗香。

手红冰[③]碗藕，藕碗冰[④]红手。郎笑藕丝长[⑤]，长丝藕笑郎。

【注释】

①昼眠：午休。 ②凉衫：薄质便服。 ③冰：古人常有在冬天凿冰藏于地窖的习惯，待盛夏之时取之消暑。 ④冰：名词用作动词，使……冰冷。 ⑤藕丝长：象征着人的情意长久。古诗词中，常用"藕"谐"偶"，以"丝"谐"思"。

【点评】

词有檃括体，有回文体。回文之就句回者，自东坡始也。

——徐釚

菩萨蛮（井桐双照新妆冷）

井桐双照新妆冷，冷妆新照双桐井。羞对井花愁，愁花井对羞。

影孤怜夜永，永夜怜孤影。楼上不宜秋，秋宜不上楼。

菩萨蛮（雪花飞暖融香颊）

雪花飞暖融香颊，颊香融暖飞花雪。欺雪任单衣，衣单任雪欺。

别时梅子结，结子梅时别。归不恨开迟，迟开恨不归。

生查子　送苏伯固（三度别君来）

三度别君来，此别真迟暮。白尽老髭须[①]，明日淮南去。

酒罢月随人，泪湿花如雾。后月送君还，梦绕湖边路。

【注释】

①髭（zī）须：胡子，唇上曰髭，唇下为须。《乐府诗集·相和歌辞三·陌上桑》：“行者见罗敷，下担捋髭须。”

翻香令（金炉犹暖麝煤残）

金炉犹暖麝煤[①]残，惜香更把宝钗翻。重闻处，馀熏在，这一番、气味胜从前。

背人偷盖小蓬山，更将沉水暗同然。且图得，氤氲[②]久，为情深、嫌怕断头烟。

【注释】

①麝煤：即麝墨。　②氤氲：指湿热飘荡的云气。

乌夜啼（莫怪归心速）

莫怪归心速，西湖自有蛾眉。若见故人须细说，白发倍当时。

小郑非常强记，二南依旧能诗。更有鲈鱼堪切脍，儿辈莫教知。

虞美人（定场贺老今何在）

定场[①]贺老[②]今何在，几度新声改。怨声[③]坐使[④]旧声阑，俗耳只知繁手[⑤]不须弹。

断弦试问谁能晓，七岁文姬小。试教弹作辊雷声[⑥]，应有开元遗老泪纵横。

【注释】

①定场：画地为演出场地。 ②贺老：唐代天宝时乐师贺怀智。 ③怨声：凄怨之声。 ④坐使：遂使。 ⑤繁手：弹奏乐器的一种变化复杂的手法。 ⑥辊（gǔn）雷声：如炸雷般的声调。

虞美人　送马中玉（归心正似三春草）

归心正似三春草，试着莱衣小①。橘怀几日向翁开，怀祖已瞋文度①不归来。

禅心已断人间爱，只有平交在。笑论瓜葛一枰同，看取③《灵光》新赋有家风。

【注释】

①莱衣小：像古代老莱子娱亲一般，穿着小孩子的衣服以讨父母欢心。 ②怀祖已瞋文度：用晋代王怀祖、王文度的故事比喻父子情深。 ③看取：看。取，助词，无义。

虞美人　有美堂赠述古（湖山信是东南美）

湖山信是东南美，一望弥①千里。使君②能得几回来，便使尊前醉倒更徘徊。

沙河塘③里灯初上，《水调》谁家唱。夜阑风静欲归时，惟有一江明月碧琉璃。

【注释】

①弥：满，遍。 ②使君：汉代时称州牧为使君，后世用来称州郡长官，这里指陈襄。 ③沙河塘：在杭州城南，当时繁华非常。

虞美人（波声拍枕长淮晓）

波声拍枕长淮①晓，隙月②窥人小。无情汴水③自东流，只载一船离恨向西州④。

竹溪花浦曾同醉，酒味多于泪。谁教风鉴在尘埃[5]，酝造一场烦恼送人来。

【注释】

①长淮：指淮河。　②隙月：（船篷）隙缝中透进的月光。　③汴水：古河名。唐宋时，将出自黄河至淮河的通济渠东段全流统称汴水或汴河。　④西州：古建业城门名。晋宋间建业（今江苏南京）为扬州刺州治所，以治事在台城西，故称西州。　⑤风鉴在尘埃：此阕为作者与好友秦观于高邮相会后，在淮上所作饮别之词，故此处是说：谁使得秦观这样为我所赏识的优秀人才被沦落、埋没。风鉴，风度识见，也指对人的观察、看相。在尘埃，引申为埋没之意。

河满子　湖州寄南守冯当世（见说岷峨凄怆）

见说岷峨凄怆[1]，旋闻江汉澄清[2]。但觉秋来归梦好，西南自有长城。东府三人最少，西山八国初平。

莫负花溪纵赏，何妨药市微行。试问当垆人[3]在否，空教是处闻名。唱着子渊[4]新曲，应须分外含情。

【注释】

①岷峨凄怆：宋神宗熙宁九年（1076）三月，官府因筑州城引起与羌人的大规模冲突，宋军将士死伤甚重。　②江汉澄清：指当时新任成都知府冯当对羌人实行招抚政策，因而边乱不久便得到平息。　③当垆人：指卓文君。　④子渊：王褒，字子渊，汉代文学家。

哨遍（为米折腰）

陶渊明赋《归去来》，有其词而无其声。余既治东坡，筑雪堂于上，人俱笑其陋，独鄱阳董毅夫[1]过而悦之，有卜邻之意。乃取《归去来词》，稍加檃括，使就声律，以遗毅夫。使家僮歌之，时相从于东坡，释耒[2]而和之，扣牛角而为之节，不亦乐乎？

为米折腰，因酒弃家，口体交相累。归去来，谁不遣君归？觉从前皆非今是。露未晞[3]，征夫指余归路，门前笑语喧童稚。嗟旧菊都荒，新松暗老，吾年今已如此。但小窗容膝闭柴扉，策杖看孤云暮鸿飞。云出无心，鸟倦知还，本非有意。

噫！归去来兮，我今忘我兼忘世。亲戚无浪语，琴书中有真味。步翠麓[4]崎岖，泛溪窈窕，涓涓暗谷流春水。观草木欣荣，幽人自感，吾生行且休矣。念寓形宇内复几时，不自觉皇皇欲何之。委吾心、去留谁计？神仙知在何处，富贵非吾志。但知临水登山啸咏，自引壶觞[5]自醉。此生天命更何疑，且乘流[6]、遇坎还止。

【注释】

①董毅夫：即董钺。自梓漕得罪归鄱阳，遇东坡于齐安。　②释耒（lěi）：放下农具，谓停止耕作。　③晞（xī）：干，干燥。　④翠麓：青翠的山麓。　⑤壶觞：酒器。陶渊明《归去来辞》："引壶觞以自酌，眄庭柯以怡颜。"　⑥乘流：即顺着水流。语出枚乘《七发》："汩乘流而下降兮，或不知其所止。"

哨遍（睡起画堂）

睡起画堂，银蒜[1]押帘，珠幕云垂地。初雨歇，洗出碧罗天，正溶溶养花天气。一霎暖风回芳草，荣光浮动，卷皱银塘水。方杏靥匀酥，花须吐绣，园林排比红翠。见乳燕捎蝶过繁枝，忽一线炉香逐游丝。昼永人闲，独立斜阳，晚来情味。

便乘兴携将佳丽，深入芳菲里。拨胡琴语，轻拢漫捻总伶俐。看紧约罗裙，急趣檀板，《霓裳》入破惊鸿起。颦月临眉，醉霞横脸，歌声悠扬云际。任满头红雨落花飞。渐鳷鹊楼[2]西玉蟾低，尚徘徊、未尽欢意。君看今古悠悠，浮幻人间世。这些百岁光阴几日，三万六千而已。醉乡路稳不妨行，但人生、要适情耳。

【注释】

①银蒜：银质蒜形帘坠。　②鳷（zhī）鹊楼：指富贵人家的高楼。

点绛唇（我辈情钟）

己巳[1]重九和苏坚[2]。

我辈情钟，古来谁似龙山宴。而今楚甸[3]，戏马馀飞观[4]。

顾谓佳人，不觉秋强半。筝声远，鬓云撩乱，愁入参差雁。

【注释】

①己巳：干支之一，顺序为第六个。论阴阳五行，天干之己属阴之土，地支之巳属阴之火，是火生土相生。　②苏坚：字伯固，号后湖居士，泉州（今属福建）人。与苏轼交往颇密，唱和甚多，有文集，今佚。　③楚甸：即楚地。甸，古代指郊外的地方。　④飞观：高耸的宫阙。

点绛唇　庚午[1]重九（不用悲秋）

不用悲秋，今年身健还高宴[2]。江村海甸[3]，总作空花观。

尚想横汾[4]，兰菊纷相半。楼船[5]远，白云飞乱，空有年年雁。

【注释】

①庚午：干支之一，顺序为第七个。论阴阳五行，天干之庚属阳之金，地支之午属阳之火，是火克金相克。　②高宴：盛大的宴会。　③海甸：近海地区。　④横汾：汉武帝曾巡幸河东郡，在汾水楼船上与群臣宴饮，自作《秋风辞》，中有“泛楼舡兮济汾河，横中流兮扬素波”句。后因以“横汾”为典，用来称颂皇帝或其作品。⑤楼船：古代一种甲板建筑的船，外形巨大，船高首宽，外观似楼，所以被称作“楼船”。船大楼高，可远攻近战。

点绛唇　再和送钱公永（莫唱《阳关》）

莫唱《阳关》，风流公子方终宴。秦山禹甸，缥缈真奇观。

北望平原，落日山衔半。孤帆远，我歌君乱，一送西飞雁。

点绛唇（醉漾轻舟）

醉漾轻舟，信流[1]引到花深处。尘缘相误，无计花间住。

烟水茫茫，千里斜阳暮。山无数，乱红如雨，不记来时路。

【注释】

①信流：信凭流水。

点绛唇（月转乌啼）

月转乌啼，画堂宫徵[1]生离恨。美人愁闷，不管罗衣褪。

清泪斑斑，挥断柔肠寸。瞋人问，背灯偷揾[2]，拭尽残妆粉。

【注释】

①宫徵（zhǐ）：宫和徵分别是古代五声音阶中的第一音阶和第四音阶，合在一起泛指音乐。　②揾（wèn）：揩拭。

殢人娇　小王都尉席上赠侍人[1]（满院桃花）

满院桃花，尽是刘郎未见。于中更、一枝纤软。仙家日月，笑人间春晚。浓睡起、惊飞乱红千片。

密意难传，羞容易变。平白地、为伊肠断。问君终日，怎安排心眼？须信道、司空自来见惯。

【注释】

①侍人：宦官。

殢人娇　赠朝云[1]（白发苍颜）

白发苍颜，正是维摩[2]境界。空方丈、散花何碍[3]。朱唇筯点，更髻鬟生彩[4]。这些个、千生万生只在。

好事心肠，着人情态。闲窗下、敛云凝黛。明朝端午，待学纫兰为佩[5]。寻一首好诗，要书裙带。

【注释】

①朝云：即王朝云，字子霞，钱塘人，苏东坡侍妾。她随东坡贬居惠州，宋哲宗绍圣三年（1096）病故，时年三十四岁。　②维摩：维摩诘的省称，佛经中的人名，和释迦摩尼同时，是毗耶离城中的一位大乘居士。　③“空方丈”二句：天女在一丈见方的维摩室中散花，室小无任何妨碍。天女，喻朝云。　④“朱唇”二句：红色口唇似用筷子点画，改变年少时的发髻形态更丽。髻鬟，年少时的发髻。筯，通“箸”。　⑤纫兰为佩：编织兰草来佩戴。

殢人娇　戏邦直（别驾来时）

别驾来时，灯火荧煌[1]无数。向青琐[2]、隙中偷觑[3]，元来便是，共彩鸾仙侣。方见了、管须[4]低声说与。

百子流苏，千枝宝炬[5]，人间有、洞房烟雾。春来何事，故抛人别处。坐望断、楼中远山归路。

【注释】

①荧煌：辉煌，明亮。　②青琐：原指装饰皇宫门窗的青色连环花纹，后借指宫廷，泛指豪华富丽的房屋建筑，亦指刻镂成格的窗户。　③觑：窥视，偷偷地看。　④管须：定要，准要。　⑤宝炬：蜡烛的美称。

诉衷情（钱塘风景古今奇）

送述古，迓[1]元素[2]。

钱塘风景古今奇，太守例能诗。先驱负弩[3]何在，心已浙江西。

花尽后，叶飞时，雨凄凄。若为情绪，更问新官，向旧官啼。

【注释】

①迓（yà）：迎接。 ②元素：即杨绘，字元素。苏轼为杭州通判时，杨元素是知州。 ③先驱负弩（nǔ）：指在前面迎候的官员。

诉衷情（海棠珠缀一重重）

海棠珠缀[1]一重重，清晓近帘栊[2]。胭脂谁与匀淡，偏向脸边浓。

看叶嫩，惜花红，意无穷。如花似叶，岁岁年年，共占春风。

【注释】

①珠缀：指连缀珍珠为饰的物件。 ②帘栊：窗帘和窗牖，也泛指门窗的帘子。

诉衷情（小莲初上琵琶弦）

小莲[1]初上琵琶弦，弹破碧云天。分明绣阁[2]幽恨，都向曲中传。

肤莹玉，鬓梳蝉[3]，绮窗前。素娥[4]今夜，故故[5]随人，似斗婵娟[6]。

【注释】

①小莲：北齐后主高纬宠妃冯淑妃名小莲，此处指琵琶女。 ②绣阁：犹绣房。女子的居室装饰华丽如绣，故称。 ③鬓梳蝉：把鬓梳成蝉翼的形状。 ④素蛾：嫦娥，代指月亮。 ⑤故故：故意，特意。 ⑥斗婵娟：争艳比美。李商隐《霜月》诗："青女素娥俱耐冷，月中霜里斗婵娟。"

更漏子　送孙巨源（水涵空）

水涵空[1]，山照市，西汉二疏[2]乡里。新白发，旧黄金，故人恩义深。

海东头，山尽处，自古客槎来去。槎有信，赴秋期，使君行不归。

【注释】

①水涵空：远处的水涵容着天空。　②二疏：西汉疏广、疏受，东海兰陵人。

桃源忆故人（华胥梦断人何处）

华胥[1]梦断人何处，听得莺啼红树。几点蔷薇香雨，寂寞闲庭户。

暖风不解留花住，片片着人无数。楼上望春归去，芳草迷归路。

【注释】

①华胥：典出《列子·黄帝》，黄帝即位十五年，“昼寝而梦，游于华胥之国……其国无帅长，自然而已。其民无嗜欲，自然而已。不知乐生，不知恶死，故无夭殇；不知亲己，不知疏物，故无爱憎；不知背道，不知向顺，故无利害；都无所爱惜，都无所畏忌，入水不溺，入火不热。斫挞无伤痛，指擿无痟痒。乘空如履实，寝虚若处床，云雾不硋其视，雷霆不乱其听，美恶不滑其心，山谷不踬其步，神行而已”。华胥国即指梦境、仙境。

醉落魄　述怀（醉醒醒醉）

醉醒醒醉，凭君会取这滋味。浓斟琥珀香浮蚁[1]。一到愁肠，别有阳春意。

须将幕席[2]为天地，歌前起舞花前睡。从他落魄陶陶里，犹胜醒醒，惹得闲憔悴。

【注释】

①浮蚁：酒面上的浮沫，借指酒。　②幕席：帐幕和座席。

醉落魄　席上呈杨元素（分携如昨）

分携如昨，人生到处萍飘泊。偶然相聚还离索。多病多愁，须信从来错。

尊前一笑休辞却，天涯同是伤沦落。故山犹负平生约。西望峨嵋[1]，长羡归飞鹤。

【注释】

①峨嵋：指代词人家乡。

醉落魄　苏州阊门留别（苍颜华发）

苍颜华发，故山归计何时决？旧交新贵音书[1]绝，惟有佳人，犹作殷勤别。

离亭[2]欲去歌声咽，潇潇细雨凉吹颊。泪珠不用罗巾[3]裛[4]，弹在罗衫[5]，图得见时说。

【注释】

①音书：音讯，书信。　②离亭：驿亭，古人往往于此送别。③罗巾：丝制手巾。　④裛（yì）：沾湿。　⑤罗衫：指轻软丝织品制成的衣服。

醉落魄　离京口作（轻云微月）

轻云微月，二更酒醒船初发。孤城回望苍烟合。记得歌时，不记归时节。

巾偏扇坠藤床滑，觉来幽梦无人说。此生飘荡何时歇。家在西南，常作东南别。

谒金门（秋帷里）

秋帷里，长漏伴人无寐。低玉枕凉轻绣被，一番秋气味。

晓色又侵窗纸。窗外鸡声初起。声断几声还到耳，已明声未已。

谒金门（秋池阁）

秋池阁，风傍晓庭帘幕。霜叶未衰吹未落，半惊鸦喜鹊。

自笑浮名情薄，似与世人疏略。一片懒心双懒脚，好教闲处着。

谒金门（今夜雨）

今夜雨，断送一年残暑。坐听潮声来别浦，月明何处去？

孤负金尊绿醑①，来岁今宵圆否？酒醒梦回愁几许，夜阑还独语。

【注释】

①绿醑（xǔ）：绿色美酒。

如梦令（水垢何曾相受）

元丰七年十二月十八日，浴泗州①雍熙塔下，戏作《如梦令》两阕。此曲本唐庄宗②制，名《忆仙姿》，嫌其名不雅，故改为《如梦令》。庄宗作此词，卒章③云："如梦，如梦，和泪出门相送。"因取以为名云。

水垢何曾相受④，细看两俱无有。寄语揩⑤背人，尽日劳君挥肘。轻手，轻手，居士本来无垢。

【注释】

①泗州：存在于北周到清朝之间的历史地名，辖地大致位于泗县、泗洪、天长、盱眙、明光一带，最后的州城在今泗县城。 ②唐

庄宗：即李存勖（xù，885—926），沙陀族，山西应县人，本为朱邪氏，小名亚子，唐末河东节度使、晋王李克用的长子，是五代时期后唐王朝的建立者。 ③卒章：诗、词、文章结尾的段落。 ④相受：互相接纳。 ⑤揩：擦，抹。

如梦令（自净方能净彼）

自净方能净彼，我自汗流呀气。寄语澡浴人，且共肉身游戏。但洗，但洗，俯为人间一切。

如梦令（为向东坡传语）

为向东坡传语，人在玉堂①深处。别后有谁来，雪压小桥无路。归去，归去，江上一犁②春雨。

【注释】

①玉堂：指翰林苑。《汉书·李寻传》王先谦补注引何焯："汉时待诏于玉堂殿，唐时待诏于翰林苑。至宋以后，翰林遂蒙玉堂之号。" ②一犁：形容春雨的深度。

【点评】

人赏东坡粗豪，吾赏东坡韶秀。

——周济

如梦令（手种堂前桃李）

手种堂前桃李，无限绿阴青子。帘外百舌儿，惊起五更春睡。居士，居士，莫忘小桥流水。

阳关曲 中秋作（暮云收尽溢清寒）

暮云收尽溢①清寒②，银汉③无声转玉盘④。此生此夜不长好，明月明年何处看？

【注释】

①溢：满出。暗寓月色如水之意。 ②清寒：清朗而有寒意。一作“春寒”。 ③银汉：即银河。 ④玉盘：指月亮。

【点评】

五、七字绝句最少，而最难工，虽作者亦难得四句全好者……东坡云：“暮云收尽溢春寒，银汉无声转玉盘。此生此夜不长好，明月明年何处看。”四句皆好矣。

——杨万里

古人赋中秋诗，例皆咏月而已，少有著题者，惟王元之（王禹偁）云：“莫辞终夕看，动是隔年期。”苏子瞻云：“暮云收尽溢清寒，银汉无声转玉盘。此生此夜不长好，明月明年何处看。”盖庶几焉。

——胡仔

“不”字律，妙句天成。

——郑文焯

唐七言绝歌法……至宋而谱之，存者独《小秦王》耳，故东坡《阳关曲》借《小秦王》之声歌之。

——吴衡照

阳关曲　赠张继愿（受降城下紫髯郎）

受降城下紫髯郎①，戏马台②南旧战场。恨君不取契丹③首，金甲④牙旗⑤归故乡。

【注释】

①紫髯郎：即南朝宋武帝刘裕。 ②戏马台：位于徐州。公元前206年，项羽灭秦后自立为西楚霸王，定都彭城，于城南里许的南山上，构筑崇台，以观戏马，故名戏马台。 ③契丹：907年，辽太祖耶律阿保机统一契丹各部称汗，国号“契丹”。 ④金甲：金饰的铠甲。汉代蔡琰（蔡文姬）《悲愤诗》：“卓众来东下，金甲耀日光。” ⑤牙旗：旗竿上饰有象牙的大旗。多为主将主帅所建，亦用作仪仗。

阳关曲　答李公择（济南春好雪初晴）

济南春好雪初晴，才到龙山[1]马足轻。使君莫忘霅溪[2]女，还作《阳关》肠断声。

【注释】

①龙山：济南郡城东七十里有龙山镇。　②霅（zhá）溪：在今浙江湖州境内。

减字木兰花（郑庄好客）

赠润守许仲涂[1]，且以郑容落籍、高莹从良为句首。

郑庄[2]好客，容我尊前先堕帻[3]。落笔生风，籍籍[4]声名不负公。

高山白早，莹骨[5]冰肤[6]那解老。从此南徐[7]，良夜清风月满湖。

【注释】

①润守许仲涂：作者友人，任润州守，即润州知州事。　②郑庄：西汉郑当时，字庄，陈人，以任侠名闻齐、梁间。景帝时，为太子舍人，“每五日沐浴，常置驿马长安诸郡，请谢宾客。夜以继日，至明旦，常恐不便”。　③堕帻（zé）：落下头巾，指名士醉酒后的一种失礼行为。　④籍籍：声名盛大。　⑤莹骨：玉骨。　⑥冰肤：皮肤洁白滑润。　⑦南徐：即润州。

减字木兰花（云鬟倾倒）

云鬟倾倒，醉倚阑干风月好。凭仗相扶，误入仙家碧玉壶。

连天衰草，下走湖南西去道。一舸姑苏，便逐鸱夷[1]去得无。

【注释】

①鸱（chī）夷：即范蠡。据传春秋时，范蠡辅佐越王勾践灭吴后，主动退隐江湖，到齐国时改名为鸱夷子皮。

减字木兰花　西湖食荔支（闽溪珍献）

闽溪珍献①，过海云帆来似箭。玉坐金盘，不贡奇葩四百年。

轻红酽白，雅称佳人纤手擘②。骨细肌香，恰是当年十八娘③。

【注释】

①珍献：珍贵的贡品。　②擘（bò）：大拇指。　③十八娘：荔枝品种之一。

减字木兰花（贤哉令尹）

送东武①令赵昶失官归海州。

贤哉令尹②，三仕已之无喜愠③。我独何人，犹把虚名玷④搢绅⑤。

不如归去，二顷良田无觅处⑦。归去来兮⑧，待有良田是几时？

【注释】

①东武：西汉初年置县，始称东武，隋代改称诸城，宋、金、元属密州。　②令尹：县官的别称，此处指赵昶。　③愠：恼怒怨恨。　④玷：玷污。　⑤搢绅：士大夫的别称。　⑥二顷良田无觅处：出自《史记·苏秦列传》：“使我有洛阳负郭田二顷，吾岂能佩六国相印乎？”　⑦归去来兮：出自陶渊明《归去来兮辞》：“归去来兮，田园将芜胡不归？”

减字木兰花　彭门留别（玉觞无味）

玉觞无味，中有佳人千点泪。学道忘忧，一念还成不自由。

如今未见，归去东园花似霰。一语相开，匹似[1]当初本不来。

【注释】

①匹似：譬如。

减字木兰花　送赵令晦之（春光亭下）

春光亭下，流水如今何在也。岁月如梭，白首相看拟奈何。

故人重见，世事年来千万变。官况[1]阑珊[2]，惭愧青松守岁寒。

【注释】

①官况：居官的境遇。唐代李中《赠永真杜翺少府》诗："爱静不嫌官况冷，苦吟从听鬓毛苍。"　②阑珊：窘困，艰难。

减字木兰花（惟熊佳梦）

秘阁[1]古《笑林》云：晋元帝[2]生子，宴百官，赐束帛[3]。殷羡[4]谢曰："臣等无功受赏。"帝曰："此事岂容卿有功乎？"同舍[5]每以为笑。余过吴兴[6]，而李公择适生子三日会客，求歌辞。乃为作此戏之，举座皆绝倒[7]。

惟熊佳梦[8]，释氏老君[9]亲抱送。壮气横秋，未满三朝已食牛[10]。

犀钱玉果[11]，利市[12]平分沾四坐。多谢无功，此事如何看得侬[13]。

【注释】

①秘阁：宋官名。北宋宋太宗端拱元年（988），在崇文院中堂建阁，称秘阁，收藏三馆（指昭文馆、集贤院、史馆）书籍真本及宫廷

古画墨迹等。元丰改制，并归秘书省。　②晋元帝：即司马睿，字景文，东晋开国皇帝。　③束帛：捆为一束的五匹帛。古代用为聘问、馈赠的礼物。　④殷羡：字洪乔，陈郡长平人，东晋官员，官至豫章太守、光禄勋。　⑤同舍：指同僚。　⑥吴兴：在今浙江吴兴县，属湖州管辖。　⑦绝倒：前仰后合地大笑。　⑧维熊佳梦：语出《诗经·小雅·斯干》："大人占之：维熊维罴，男子之祥。"此用来指李公择生子。　⑨释氏老君：释氏，佛。释迦牟尼为佛教创始人，后称佛姓释迦氏，简称释氏。老君，指老子，道家创始人，后世道教尊崇其为鼻祖。民间有生子为神佛抱送的说法，此处是沿用。　⑩食牛：语出《尸子》："虎豹之驹，虽未成文，已有食牛之气。"这几句是化用杜甫《徐卿二子歌》"徐卿二子生绝奇，感应吉梦相追随。孔子释氏亲抱送，尽是天上麒麟儿。大儿九龄色清澈，秋水为神玉为骨。小儿五岁气食牛，满堂宾客皆回头"的诗意。　⑪犀钱玉果：犀角色黄，似钱色，故曰犀钱；果白如玉，故曰玉果。此指洗儿钱、洗儿果，是宋时育子满月的习俗。　⑫利市：今多写作"利事""利是"，欢庆节日的喜钱，此指喜儿钱。　⑬"多谢"二句：此用晋元帝生子的故事。侬，江苏浙江方言称你为"侬"。

【点评】

东坡词颇似老杜诗，以其无意不可人，无事不可言也。

——刘熙载

减字木兰花（晓来风细）

晓来风细，不会鹊声来报喜。却羡寒梅，先觉春风一夜来。

香笺一纸，写尽回纹机①上意。欲卷重开，读遍千回与万回。

【注释】

①回纹机：即璇玑图，北朝时前秦女诗人苏蕙作。

减字木兰花（天台旧路）

天台旧路，应恨刘郎来又去。别酒频倾，忍听《阳关》第四声。

刘郎未老，怀恋仙乡重得到。只恐因循，不见而今劝酒人。

减字木兰花（双龙对起）

钱塘西湖有诗僧清顺，所居藏春坞①，门前有二古松，各有凌霄花②络其上，顺常昼卧其下。时余为郡，一日屏骑从过之③，松风骚然④。顺指落花求韵，余为赋此。

双龙对起，白甲苍髯烟雨里。疏影微香，下有幽人⑤昼梦长。

湖风清软，双鹊飞来争噪晚⑥。翠飐⑦红轻，时下凌霄百尺英。

【注释】

①藏春坞（wù）：清顺居处的小庭院。中间洼、四边高的地方叫坞。 ②凌霄花：又叫紫葳，夏秋开花，茎有气根，可攀援棚篱。 ③屏（bǐng）骑（jì）从过之：不带随从人马，独自拜访他。屏，除去，不用。骑从，骑马跟随的人。过，拜访、上门访问。之，指代僧清顺。 ④骚然：骚骚作响。 ⑤幽人：幽栖之人。《易经·履·九二》："幽人贞吉。"孔颖达疏："幽隐之人。"此指清顺。 ⑥争噪晚：在夕照中争相鸣叫。 ⑦飐（zhǎn）：风吹物使之颤动。

【点评】

《乐章集》注：仙吕调。梅苑李子正词名《减兰》，徐介轩词名《木兰香》，《高丽史·乐志》名《天下乐令》。

——康熙

减字木兰花（琵琶绝艺）

琵琶绝艺，年纪都来十一二。拨弄幺弦[1]，未解将心指下传。

主人瞋小，欲向春风先醉倒。已属君家[2]，且更从容等待他。

【注释】

①幺弦：琵琶的第四弦，借指琵琶。　②君家：敬词，犹贵府，您家。《玉台新咏·古诗》："非为织作迟，君家妇难为。"

减字木兰花　己卯儋耳春词（春牛春杖）

春牛春杖[1]，无限春风来海上。便丐春工，染得桃红似肉红。

春旛春胜[2]，一阵春风吹酒醒。不似天涯，卷起杨花似雪花。

【注释】

①春牛春杖：春牛指土牛，春杖指耕民手持犁杖侍立。②春旛春胜：春幡是一种旗帜。春胜，古时习俗，剪纸以迎春。旛，同"幡"。

减字木兰花　雪（云容皓白）

云容皓白，破晓玉英纷似织。风力无端，欲学杨花更耐寒。

相如未老，梁苑犹能陪俊少[1]。莫惹闲愁，且折江梅上小楼。

【注释】

①"相如"二句：司马相如没有衰老，在梁苑里还能做奉陪的英俊少年。

减字木兰花（玉房金蕊）

玉房①金蕊，宜在玉人纤手里。淡月朦胧，更有微微弄袖风。

温香熟美，醉慢云鬟垂两耳。多谢春工，不是花红是玉红。

【注释】

①玉房：花的子房的美称。

减字木兰花（春庭月午）

二月十五日夜与赵德麟小酌聚星堂。

春庭月午，摇荡香醪①光欲舞。步转回廊，半落梅花婉娩②香。

轻烟薄雾，总是少年行乐处。不是秋光，只与离人照断肠。

【注释】

①香醪：美酒佳酿。　②婉娩（wǎn）：形容香味醇清和美。

减字木兰花　赠胜之①（天然宅院）

天然宅院，赛了千千并万万。说与贤知，表德元来是胜之。

今来十四，海里猴儿②奴子③是。要赌休痴，六只骰儿六点儿。

【注释】

①胜之：苏轼欣赏的一名歌妓。　②海里猴儿：对人的昵称，犹言好孩子。"海"与"好"，"猴"与"孩"，均取其音近。龙榆生笺引傅干曰："海猴儿，言好孩儿。"　③奴子：僮仆，奴仆。

浣溪沙(风卷珠帘自上钩)

风卷珠帘自上钩,萧萧乱叶报新秋。独携纤手上高楼。

缺月向人舒窈窕,三星当户照绸缪。香生雾縠[1]见纤柔。

【注释】

①雾縠(hú):细薄如云雾的丝织衣裳。

浣溪沙(山下兰芽短浸溪)

游蕲水[1]清泉寺。寺临兰溪,溪水西流。

山下兰芽短浸溪,松间沙路净无泥。萧萧暮雨子规[2]啼。

谁道人生无再少[3],门前流水尚能西。休将白发唱黄鸡[4]。

【注释】

①蕲(qí)水:位于黄州东,即今湖北浠水县。时作者与医人庞安时(字安常)同游。 ②子规:杜鹃鸟。 ③无再少:不能再回到少年时代。 ④白发唱黄鸡:感慨时光流逝。白发,老年。唱黄鸡,因黄鸡可以报晓,以此表时光流逝。白居易《醉歌示妓人商玲珑》:"罢胡琴,掩秦瑟,玲珑再拜歌初毕。谁道使君不解歌,听唱黄鸡与白日。黄鸡催晓丑时鸣,白日催年酉时没。腰间红绶系未稳,镜里朱颜看已失。玲珑玲珑奈老何,使君歌了汝更歌。"白居易感慨青春易逝,苏轼反用其意。

浣溪沙(西塞山边白鹭飞)

西塞山[1]边白鹭飞,散花洲[2]外片帆[3]微。桃花流水鳜鱼[4]肥。

自庇一身青箬笠[5],相随到处绿蓑衣。斜风细雨不须归。

【注释】

①西塞山:即道士矶,位于湖北黄石大冶市,在长江边。 ②散

花洲：又名散花滩，位于湖北省西塞山对面的长江中心。 ③片帆：孤舟。 ④鳜（guì）鱼：俗称花鱼、桂鱼。 ⑤箬笠：用竹篾编成的斗笠。

浣溪沙（覆块青青麦未苏）

十二月二日雨后微雪，太守徐君猷携酒见过，坐上作《浣溪沙》三首。明日酒醒，雪大作，又作二作。

覆块青青麦未苏，江南云叶①暗随车。临皋烟景世间无。

雨脚半收檐断线，雪床②初下瓦跳珠。归来冰颗乱黏须。

【注释】

①云叶：像云一样的枯叶。 ②雪床：雪珠。

浣溪沙（醉梦昏昏晓未苏）

醉梦昏昏①晓未苏，门前辘辘②使君车。扶头③一盏④怎生⑤无？

废圃寒蔬挑翠羽⑥，小槽⑦春酒滴真珠⑧。清香细细嚼梅须⑨。

【注释】

①昏昏：这里指酣醉。 ②辘辘：形容车轮滚动等发出的声音。 ③扶头：晨饮少量淡酒以醒神志，称为“扶头”。酒醉逾夜，晨以淡酒饮之，便于醉者清醒，俗曰“投酒”。 ④一盏：一杯。 ⑤怎生：怎么。 ⑥翠羽：比喻青葱的树叶。 ⑦小槽：小槽红，以小槽榨制所得之红酒。一名真珠红。 ⑧真珠：指酒。 ⑨梅须：梅花蕊。

浣溪沙（雪里餐毡例姓苏）

雪里餐毡①例姓苏，使君载酒为回车。天寒酒色转头无。

荐士已闻飞鹗表②，报恩应不用蛇珠。醉中还许揽桓须③。

【注释】

①餐毡（zhān）：身居异地，茹苦含辛，而心向朝廷。典出《汉书》卷五十四《李广苏建列传·（子）苏武》。②鹗表：典出《后汉书》卷八十下《文苑列传下·祢衡》。汉孔融《荐祢衡疏》："鸷鸟累百，不如一鹗。"孔融，建安七子之一。他举荐人才非常重视真才实学，不欣赏夸夸其谈的人。他认为一百只猛禽枭鸟，也不如一只鱼鹰来得实际。他觉得祢衡人品才能兼备，便上表举荐他。后遂以"鹗表"指推荐人才的表章。③揽桓须：典出《晋书》卷八十一《桓宣列传·（族子）桓伊》。谢安功名盛极时，遭到构陷，见疑于孝武帝。一天，孝武帝命桓伊吹笛，桓伊吹完一曲以后，又抚筝而歌怨诗："为君既不易，为臣良独难。忠信事不显，乃有见疑患。"在座的谢安感动得泣下沾襟，"乃越席而就之，捋其须曰'使君于此不凡'"。孝武帝也面有愧色。后以"揽桓须"指忠而见疑。

浣溪沙（半夜银山上积苏）

半夜银山上积苏①，朝来九陌②带随车。涛江烟渚③一时无。

空腹有诗衣有结，湿薪如桂米如珠。冻吟谁伴捻髭须④。

【注释】

①积苏：堆积柴草。②九陌：田间的道路。③烟渚：雾气笼罩的洲渚。④捻髭（zī）须：用手指拈须。

浣溪沙（万顷风涛不记苏）

万顷风涛不记苏，雪晴江上麦千车。但令人饱我愁无。

翠袖倚风萦①柳絮，绛唇得酒烂樱珠②。尊前呵手镊霜须。

【注释】

①萦：缭绕。②樱珠：樱桃的美称。

浣溪沙　重九（珠桧丝杉冷欲霜）

珠桧丝杉冷欲霜，山城歌舞助凄凉。且餐山色饮湖光。

共挽朱轓[①]留半日，强揉青蕊[②]作重阳。不知明日为谁黄。

【注释】

①朱轓：两边安装有红色遮障的车。　②青蕊：甘菊花。

浣溪沙（霜鬓真堪插拒霜）

霜鬓真堪插拒霜[①]，哀弦[②]危柱[③]作《伊》《凉》[④]。暂时流转为风光。

未遣清尊空北海，莫因长笛赋山阳。金钗玉腕泻鹅黄[⑤]。

【注释】

①拒霜：即木芙蓉。　②哀弦：悲凉的弦乐声。　③危柱：指琴。　④《伊》《凉》：曲调名。指《伊州》《凉州》二曲。　⑤鹅黄：指酒，因酒体呈鹅黄色，故名。

浣溪沙（傅粉郎君又粉奴）

傅粉郎君[①]又粉奴，莫教施粉[②]与施朱。自然冰玉照香酥[③]。

有客能为《神女赋》，凭君送与雪儿书。梦魂东去觅桑榆。

【注释】

①傅粉郎君：三国魏何晏，美仪容，面如傅粉，尚魏公主，封列侯，人称粉侯，亦称粉郎。后用作心爱郎君的爱称。　②施粉：抹粉。　③香酥：芳香酥软。

浣溪沙　咏橘（菊暗荷枯一夜霜）

菊暗荷枯一夜霜[①]，新苞[②]绿叶照林光。竹篱茅舍出青黄[③]。

香雾噀人惊半破，清泉流齿怯初尝[4]。吴姬[5]三日手犹香。

【注释】

①一夜霜：橘经霜之后，颜色开始变黄而味道也更美。白居易《拣贡橘书情》：“琼浆气味得霜成。” ②新苞：指新橘。③青黄：指橘子，橘子成熟时，果皮由青色逐渐变成金黄色。屈原《橘颂》：“青黄杂糅，文章烂兮。” ④“香雾”二句：韩彦直《橘录》卷上《真柑》：“真柑在品类中最贵可珍……始霜之旦，园丁采以献，风味照座，擘之则香雾噀（xùn）人。”半破，刚刚剥开橘皮。清泉，喻橘汁。 ⑤吴姬：吴地美女。

【点评】

词人咏物，往往希望能在咏物中有所寄托。但也有一些咏物之作“纯用赋体”，是对所咏之物做出精确的描绘与刻画，求其逼真，以达到曲尽物之体态，写出物之神韵的目的。这首咏橘词便是此类作品。

——朱靖华

浣溪沙（雪颔霜髯不自惊）

雪颔霜髯[1]不自惊，更将剪彩发春荣。羞颜未醉已先赪[2]。

莫唱黄鸡并白发，且呼张丈唤殷兄。有人归去欲卿卿。

【注释】

①霜髯：白色胡须。 ②赪（chēng）：颜色变红。

浣溪沙（料峭东风翠幕惊）

料峭[1]东风翠幕惊，云何[2]不饮对公荣。水晶盘莹玉鳞赪。

花影莫孤三夜月，朱颜未称五年兄。翰林子墨[3]主人卿。

【注释】

①料峭：形容微寒。 ②云何：为何，为什么。 ③翰林子墨：语出《汉书·扬雄传下》：“雄从至射熊馆，还，上《长杨赋》，

聊因笔墨之成文章，故借翰林以为主人，子墨为客卿以风。”后遂以“翰林子墨”泛指辞人墨客。

浣溪沙　道上作五首

徐门[①]石潭谢雨[②]，道上作五首。潭在城东二十里，常与泗水增减，清浊相应[③]。

其一

照日深红暖见鱼，连村绿暗晚藏乌[④]。黄童白叟聚睢盱[⑤]。
麋鹿逢人虽未惯，猿猱[⑥]闻鼓不须呼。归来说与采桑姑。

其二

旋抹红妆看使君[⑦]，三三五五棘篱门。相排踏破蒨罗裙[⑧]。
老幼扶携收麦社[⑨]，乌鸢翔舞赛神[⑩]村。道逢醉叟卧黄昏。

其三

麻叶层层檾叶光，谁家煮茧一村香。隔篱娇语络丝娘[⑪]。
垂白杖藜[⑫]抬醉眼，捋青[⑬]捣麨[⑭]软饥肠。问言豆叶几时黄。

其四

簌簌衣巾落枣花，村南村北响缫车[⑮]。牛衣[⑯]古柳卖黄瓜。
酒困路长惟欲睡，日高人渴漫思茶[⑰]。敲门试问野人家。

其五

软草平莎过雨新，轻沙走马路无尘。何时收拾耦耕[⑱]身。
日暖桑麻光似泼，风来蒿艾气如熏。使君元是此中人。

【注释】

①徐门：指徐州。　②谢雨：旱后喜雨，设祭谢神。　③与泗水增减，清浊相应：指石潭的水与泗水相通，水的涨落清浊常常一致。④乌：即乌鸦。　⑤睢盱（xū）：欢乐。　⑥猱（náo）：猿类，身轻捷善攀。　⑦使君：太守，知州，此为苏轼自称。　⑧蒨罗裙：红色的丝绸裙子。　⑨收麦社：指农家祈雨祭土地神。　⑩赛神：古代礼俗，用仪仗、鼓乐、杂戏迎神出庙，周游街巷。　⑪络丝娘：即莎鸡，一种鸣叫如纺织声的昆虫。此处喻指缫丝妇女。　⑫杖

藜：拄着手杖行走。 ⑬捋青：捋下尚未完全成熟的麦穗。 ⑭捣䴵（chǎo）：把麦粒捣碎，制成干粮。 ⑮缫（sāo）车：纺车。缫，一作"缲"，把蚕茧浸在热水里，抽出蚕丝。 ⑯牛衣：用粗麻编织的衣服。 ⑰漫思茶：想随便去哪儿找点茶喝。漫，随意。⑱耦耕：两人并耜（古农具名，形似锹）而耕。

浣溪沙（道字娇讹语未成）

道字娇讹[①]语未成，未应春阁梦多情。朝来何事绿鬟倾[②]。

彩索[③]身轻长趁燕[④]，红窗睡重不闻莺[⑤]。困人天气[⑥]近清明。

【注释】

①道字娇讹（é）：发出带孩子气、有讹误的字音。讹，错误。②朝来何事绿鬟（huán）倾：低头沉思不知何故。绿鬟，妇女乌黑的发髻。 ③彩索：秋千。 ④趁燕：追上飞燕。趁，追逐、追赶。 ⑤睡重不闻莺：睡得很沉，连莺啼声也听不见。 ⑥困人天气：指使人困倦的暮春天气。

【点评】

苏子瞻有铜琵铁板之机，然其《浣溪沙·春闺》曰："彩索身轻长趁燕，红窗睡重不闻莺。"如此风调，令十七八女郎歌之，岂在"晓风残月"之下？

——贺裳

浣溪沙（缥缈危楼紫翠间）

自杭移密守，席上别杨元素，时重阳前一日。

缥缈危楼紫翠间，良辰乐事古难全。感时怀旧独凄然。

璧月琼枝空夜夜，菊花人貌自年年。不知来岁与谁看。

浣溪沙（桃李溪边驻画轮）

桃李溪边驻画轮[①]，鹧鸪声里倒清尊[②]。夕阳虽好近黄昏[③]。

香在衣裳妆在臂，水连芳草月连云。几时归去不销魂[④]。

【注释】

①画轮：有雕绘的车子。 ②倒清尊：犹言干杯。 ③夕阳虽好近黄昏：李商隐《登乐游原》："向晚意不适，驱车登古原。夕阳无限好，只是近黄昏。"此用其语，并隐含"不适"意。 ④销魂：江淹《别赋》："黯然销魂者，惟别而已矣！"此用其语。

浣溪沙（四面垂杨十里荷）

四面垂杨十里荷，问云何处最花多？画楼南畔夕阳过。
天气乍凉人寂寞，光阴须得酒消磨。且来花里听笙歌。

浣溪沙（一别姑苏已四年）

赠闾丘朝议，时还徐州。

一别姑苏已四年，秋风南浦[①]送归船。画帘重见水中仙。
霜鬓不须催我老，杏丹依旧驻君颜。夜阑相对梦魂间。

【注释】

①南浦：典出《楚辞·九歌》，后世泛指送别之处。

浣溪沙 彭门送梁左藏（怪见眉间一点黄）

怪见眉间一点黄，诏书催发羽书[①]忙。从教娇泪洗红妆。
上殿云霄生羽翼，论兵齿颊带风霜。归来衫袖有天香。

【注释】

①羽书：古时征调军队的文书，上插羽毛。

浣溪沙（长记鸣琴子贱堂）

赠陈海州。陈尝为眉令，有声。

长记鸣琴子贱堂[①]，朱颜绿发映垂杨。如今秋鬓[②]数茎霜。

聚散交游[3]如梦寐[4]，升沉[5]闲事莫思量。仲卿终不忘桐乡[6]。

【注释】

①鸣琴子贱堂：典出《吕氏春秋·论部》卷二十一《开春论·察贤》："宓子贱治单父，弹鸣琴，身不下堂而单父治。"子贱，即孔子弟子宓（mì）不齐。 ②秋鬓：苍白的鬓发。 ③交游：结交朋友。 ④梦寐：睡梦。 ⑤升沉：即升降，旧时指仕途得失进退。 ⑥仲卿终不忘桐乡：仲卿，西汉中叶时人朱邑。典出《汉书》卷八十九《循吏传》第五十九："朱邑字仲卿，庐江舒人。少时为舒桐乡啬夫，廉平不苛，以爱利为行，未尝笞辱人。存问耆老孤寡，遇之有恩，所部吏民爱敬焉……初邑病且死，嘱其子曰：'我故为桐乡吏，其民爱我，必葬我桐乡。后世子孙奉尝我，不如桐乡民。'及死，其子葬之桐乡西郭外，民果然共为邑起冢立祠，岁时祠祭，至今不绝。"

浣溪沙（风压轻云贴水飞）

风压轻云贴水飞，乍晴池馆[1]燕争泥。沈郎[2]多病不胜衣。

沙上不闻鸿雁信，竹间时有鹧鸪啼。此情惟有落花知。

【注释】

①池馆：池苑馆舍。 ②沈郎：指南朝沈约，体弱多病。此处是诗人自指。

浣溪沙（罗袜空飞洛浦尘）

绍圣元年十月二十三日，与程乡[1]令侯晋叔、归善[2]簿谭汲同游大云寺，野饮[3]松下，仍设松黄汤[4]，作此阕。余近酿酒，名之曰"万家春[5]"，盖岭南万户酒[6]也。

罗袜[7]空飞洛浦尘[8]，锦袍[9]不见谪仙人[10]。携壶[11]藉草[12]亦天真[13]。

玉粉轻黄[14]千岁药，雪花浮动万家春。醉归江路野梅新[15]。

【注释】

①程乡：旧县名。南朝齐分海阳县置，治所在今广东省梅州梅县区。 ②归善：旧县名。南朝陈祯明三年（589）置。 ③野饮：在野外饮酒。 ④松黄汤：一种药剂。顾元交《本草汇笺》：“松黄即花上黄粉，有除风止血之能。” ⑤万家春：苏轼为自己亲手酿造的酒取的名字。 ⑥万户酒：宋代福建、夔州、广南东西路及部分边远州县有私酿的传统，由于榷酒（当时政府限制民间私酿自卖酒类的制度）管理成本高，私酿难止，因此实行官不榷酒、许民自酿，把酒税敷配于民的制度，宋人称其为“万户酒”。 ⑦罗袜：指丝罗织的袜。 ⑧洛浦尘：指洛水。曹植《洛神赋》中说：“陵波微步，罗袜生尘。”是说洛神步履轻盈地走在平静的水面上，荡起细细的涟漪，如同走在路面上腾起细细的尘埃一样。 ⑨锦袍：指李白。《新唐书李白》：“白浮游四方，尝乘月……着宫锦袍坐舟中，旁若无人。” ⑩谪仙人：被贬下凡尘的神仙，此处指李白。李白因其诗歌挥洒灵性，文采焕然，超凡脱俗，被称为“谪仙人”。谪，贬官，迁谪之意。 ⑪携壶：这里是携带酒壶的意思，也是一种容器的名称。⑫藉草：坐卧在草垫上。藉，垫衬。 ⑬天真：这里指不受礼俗拘束的品性。 ⑭轻黄：这里是鹅黄、淡黄的意思。 ⑮野梅新：岭南梅花有的开花很早，大概在农历十一月绽放。

浣溪沙（《白雪》清词出坐间）

《白雪》清词出坐间①，爱君才器两俱全。异乡风景却依然。

可恨相逢能几日。不知重会是何年。茱萸子细更重看。

【注释】

①坐间：顷刻，登时。

浣溪沙（细雨斜风作小寒）

元丰七年十二月二十四日，从泗州刘倩叔①游南山②。

细雨斜风作小寒，淡烟疏柳媚[3]晴滩[4]。入淮清洛[5]渐漫漫[6]。

雪沫乳花浮午盏[7]，蓼茸[8]蒿笋[9]试春盘[10]。人间有味是清欢[11]。

【注释】

①刘倩叔：名士彦，泗州人，曾随其父典眉州。　②南山：泗州南郊景点，景色清旷。东坡自注：南山名都梁山，出都梁香故也。③媚：美好。此处是使动用法。　④滩：十里滩，在南山附近。⑤洛：洛河，源出安徽定远西北，北至怀远入淮河。　⑥漫漫：水势浩大。　⑦"雪沫"句：谓午间喝茶。雪沫乳花，形容煎茶时上浮的白泡。宋人以将茶泡制成白色为贵，所谓"茶与墨正相反，茶欲白，墨欲黑"。曹邺《故人寄茶》："碧波霞脚碎，香泛乳花轻。"午盏，午茶。　⑧蓼（liǎo）茸：野菜的嫩芽。　⑨蒿笋：谷类茎秆，亦称蒿把，秋季产于田塘畔。　⑩春盘：古时立春日，取萝卜、芹菜等生菜、果品置于盘中送人，表示贺春、迎新之意。　⑪清欢：清雅恬适之乐。

浣溪沙　送梅庭老赴上党学官（门外东风雪洒裾）

门外东风雪洒裾[1]，山头回首望三吴。不应弹铗为无鱼。

上党[2]从来天下脊，先生元是古之儒。时平不用鲁连[3]书。

【注释】

①裾：衣前襟。　②上党：即潞州。　③鲁连：鲁仲连，《史记》中有"鲁仲连一箭下聊城"的典故。

浣溪沙　徐州藏春阁园中（惭愧今年二麦丰）

惭愧[1]今年二麦[2]丰，千歧细浪舞晴空。化工[3]馀力染夭红[4]。

归去山公[5]应倒载，阑街拍手笑儿童。甚时名作锦熏笼[6]。

【注释】

①惭愧：难得。 ②二麦：大麦、小麦。 ③化工：天工造物者。 ④夭红：鲜艳的红色。 ⑤山公：指山简。 ⑥锦薰笼：花名，又名锦被堆。《天禄识馀》："瑞香一名锦薰笼。"

浣溪沙（芍药樱桃两斗新）

芍药樱桃两斗新，名园高会送芳辰[1]。洛阳初夏广陵春。

红玉半开菩萨面，丹砂[2]秾点柳枝唇。尊前还有个中[3]人。

【注释】

①芳辰：美好的时光，多指春季。 ②丹砂：朱砂。 ③个中：其中，此中。

浣溪沙（学画鸦儿正妙年）

席上赠楚守田待制[1]小鬟。

学画鸦儿[2]正妙年，阳城下蔡[3]困嫣然。凭君莫唱短因缘。

雾帐吹笙香袅袅，霜[4]庭[5]按舞[6]月娟娟[7]。曲终红袖落双缠[8]。

【注释】

①待制：官名，唐置。太宗即位，命京官五品以上，更宿中书、门下两省，以备访问。 ②画鸦儿：即画眉。鸦儿，即却月眉，亦名月棱眉，其形似鸦，故名。杜牧《闺情》："娟娟却月眉，新鬓学飞鸦。" ③阳城下蔡：典出宋玉《登徒子好色赋》："嫣然一笑，惑阳城，迷下蔡。"李善注："阳城、下蔡，二县名，盖楚之贵介公子所封，故取以喻焉。"吕延济注："阳城、下蔡，楚之二郡名，盖贵人所居，中多美人。"后因以"阳城下蔡"指贵族萃集之地或美人众多之所。 ④霜：形容月光。 ⑤庭：庭院。 ⑥按舞：按乐起舞。前蜀花蕊夫人《宫词》之三十："重教按舞桃花下，只踏残红作地

袖。”　⑦月娟娟：月光照耀着歌女柔美的姿态。　⑧双缠：指女子的小脚。

浣溪沙（一梦江湖费五年）

一梦江湖费五年，归来风物故依然。相逢一醉是前缘。

迁客不应常眊矂[1]，使君为出小婵娟[2]。翠鬟聊着小诗缠[3]。

【注释】

①眊矂（mào zào）：因失意而烦恼。　②小婵娟：即歌女。③诗缠：民间演唱的小节目，如缠令。

浣溪沙　端午（轻汗微微透碧纨）

轻汗微微透碧纨[1]，明朝端午浴芳兰[2]。流香涨腻[3]满晴川。

彩线轻缠红玉臂，小符斜挂绿云鬟[4]。佳人相见一千年。

【注释】

①碧纨（wán）：绿色薄绸。　②芳兰：芳香的兰花，这里指妇女。　③流香涨腻：指女子梳洗时，用剩下的香粉胭脂随水流入河中。杜牧《阿房宫赋》：“弃脂水也。”　④小符斜挂绿云鬟：指妇女们在发髻上挂着祛邪驱鬼、保佑平安的符箓。

浣溪沙（徐邈能中酒圣贤）

徐邈[1]能中酒圣贤，刘伶[2]席地幕青天。潘郎白璧为谁连[3]？

无可奈何新白发，不如归去旧青山[4]。恨无人借买山钱[5]。

【注释】

①徐邈：三国魏人。曹操严禁饮酒，徐邈身为尚书郎，私自饮酒，违犯禁令。当下属问询官署事务时，他竟说“中圣人”，意为自己

饮了酒。因当时人讳说酒字，把清酒称为“圣人”，浊酒称为“贤人”。后世遂以“中圣人”或“中圣”指饮酒而醉。 ②刘伶：魏晋之际的名士，著《酒德颂》云：“居无室庐，幕天席地。” ③潘郎白璧为谁连：意为夏侯湛死后，潘岳与谁合称连“白璧”？潘郎，即潘岳，岳美姿仪，有掷果盈车的佳话。《晋书·夏侯湛传》载：“夏侯湛善构新词，而美容观，与潘岳友善，每行止同舆接茵，京都谓之‘连璧’。” ④不如归去旧青山：《世说新语·排调》载：“支道林（支遁，字道林）因人就深公（晋高僧竺道潜）买印山（当为岇山，竺道潜隐居于此），深公答曰：‘未闻巢、由（巢即巢父，由即许由，传说为尧舜时的两位隐士）买山而隐。’” ⑤恨无人借买山钱：《世说新语·栖逸》载：“郗超每闻欲高尚隐退者，辄为办百万资，并为造立居宇。在剡为公起宅，甚精整……郗为傅约亦办百万资，傅隐事差互，故不果遗。”此处谓苏轼欲买山归隐，而恨没有像郗超这样的友人资助。

浣溪沙　自适①（倾盖相逢胜白头）

倾盖相逢胜白头②，故山空复梦松楸③。此心安处是菟裘④。

卖剑买牛吾欲老，乞浆得酒⑤更何求。愿为同社宴春秋⑥。

【注释】

①自适：悠然闲适而自得其乐。 ②倾盖相逢胜白卷：初次相逢的朋友情谊，胜过从少年到白头交游人的情谊。倾盖，车上的伞盖靠在一起，引申为初次相逢或订交。 ③松楸（qiū）：墓地上的松树和楸树，代指坟墓，此处特指家乡的祖坟。 ④菟裘（tú qiú）：《左传·隐公十一年》中鲁隐公说：“使营菟裘，吾将老焉。”后世即以“菟裘”指晚年休居之地。 ⑤乞浆得酒：语出李石《续博物志》卷一：“太岁在酉，乞浆得酒。”意为讨杯水喝，却得到了酒，比喻得到的超过所要求的。乞，乞讨。浆，淡酒，一种比酒质量差的饮料。⑥愿为同社宴春秋：愿与你同住一个村社，宴饮度过年岁。

浣溪沙（炙手无人傍屋头）

炙手无人傍屋头，萧萧晚雨脱梧楸[①]。谁怜季子敝貂裘[②]。

顾我已无当世望，似君须向古人求。岁寒松柏肯惊秋。

【注释】

①梧楸（qiū）：梧桐与楸树。二木皆逢秋而早凋。　②季子敝貂裘：用苏秦穿破貂皮衣的典故比喻自己的劳顿和狼狈。

浣溪沙（画隼横江喜再游）

画隼[①]横江喜再游，老鱼跳槛识清讴[②]。流年未肯付东流。

黄菊篱边无怅望，白云乡里有温柔。挽回霜鬓莫教休。

【注释】

①画隼（sǔn）：画鸟隼的旗帜，指州官仪仗。　②清讴：清唱。

双荷叶（双溪月）

湖州贾耘老[①]小妓名双荷叶。

双溪[②]月，清光偏照双荷叶。双荷叶。红心未偶，绿衣[③]偷结。

背风迎雨流珠滑，轻舟短棹先秋折。先秋折。烟鬟[④]未上，玉杯微缺。

【注释】

①贾耘老：苏轼友人贾收，字耘老，湖州人，喜饮酒，家贫，隐居于苕溪。　②双溪：指浙江省湖州市境内的苕溪、霅溪。　③绿衣：指妾。　④烟鬟：形容秀丽山峰。

皂罗特髻（采菱拾翠）

采菱拾翠[①]，算似此佳名，阿谁消得。采菱拾翠，称使君知客。千金买、采菱拾翠，更罗裙、满把珍珠结。采菱拾翠，正髫鬟初合。

真个采菱拾翠，但深怜轻拍，一双子、采菱拾翠，绣衾下、抱着俱香滑。采菱拾翠，待到京寻觅。

【注释】

①采菱拾翠：采菱和拾翠是两位歌女的名字。

调笑令　效韦应物体（渔父）

渔父，渔父，江上微风细雨。青蓑黄蒻裳衣，红酒白鱼暮归。归暮，归暮，长笛一声何处？

调笑令（归雁）

归雁，归雁，饮啄江南南岸。将飞却下盘桓，塞外春来苦寒。寒苦，寒苦，藻荇欲生且住。

荷华媚（霞苞电荷碧）

霞苞电荷碧，天然地、别是风流标格[①]。重重青盖[②]下。千娇照水，好红红白白。

每怅望、明月清风夜，甚低迷不语，夭邪无力。终须放、船儿去，清香深处住，看伊颜色。

【注释】

①标格：风范，品格。　②青盖：特指荷叶。

青玉案（三年枕上吴中路）

和贺方回韵，送伯固还吴中[①]。

三年枕上吴中路，遣黄犬[②]、随君去。若到松江呼小渡，莫惊鸳鹭[3]。四桥尽是，老子[4]经行处。

《辋川图》[5]上看春暮，常记高人右丞[6]句。作个归期天已许。春衫犹是，小蛮[7]针线，曾湿西湖雨。

【注释】

①吴中：此指苏州。 ②黄犬：指书信，此处用陆机黄犬传书典故。《晋书·陆机传》中记载："初机有骏犬，名曰黄耳，甚爱之。既而羁寓京师，久无家问，笑语犬曰：'我家绝无书信，汝能赍书取消息不？'犬摇尾作声。机乃为书以竹筒盛之而系其颈，犬寻路南走，遂至其家，得报还洛。其后因以为常。" ③莫惊鸳鹭：此处用"鸥鹭忘机"的典故。出自《列子·黄帝篇》，其中《好鸥鸟者》讲述了这样一个寓言："海上之人有好鸥鸟者，每旦之海上，从鸥鸟游，鸥鸟之至者百住而不止。其父曰：'吾闻鸥鸟皆从汝游，汝取来，吾玩之。'明日之海上，鸥鸟舞而不下也。" ④老子：老年人的自称，此作者自指。 ⑤辋川图：王维所画图。 ⑥右丞：指王维。 ⑦小蛮：白居易的歌妓，此借指苏轼爱妾朝云。

渔家傲　赠曹光州（些小白须何用染）

些小白须何用染，几人得见星星点[1]。作郡[2]浮光虽似箭。君莫厌，也应胜我三年贬。

我欲自嗟还不敢，向来三郡宁非忝[3]。婚嫁事稀年冉冉。知有渐，千钧重担从头减。

【注释】

①"些小"二句：少许白须不用染黑，有几个人能够看到星星白发。意为很多人没等星星白发出现就已经不在了。些小，少许。 ②作郡：指担任一郡长官，治理地方。 ③"我欲"二句：我自叹还没有时机回朝，想起来官于三州无非是不称职。不敢，指不敢嗟叹。宁，岂、难道。忝（tiǎn），副词，表愧于进行某事，用作谦词。宁非忝，难道不是有愧于官位吗？

江城子（前瞻马耳九仙山）

前瞻马耳九仙山[①]。碧连天，晚云闲。城上高台，真个是超然。莫使匆匆云雨散，今夜里，月婵娟。

小溪鸥鹭静联拳[②]。去翩翩，点轻烟。人事凄凉，回首便他年。莫忘使君歌笑处，垂柳下，矮槐前。

【注释】

①马耳九仙山：即诸城西南的马耳山、九仙山。　②联拳：相依貌。

江城子（墨云拖雨过西楼）

墨云拖雨过西楼。水东流，晚烟收。柳外残阳，回照动帘钩。今夜巫山[①]真个好，花未落，酒新篘[②]。

美人微笑转星眸。月华羞[③]，捧金瓯。歌扇萦风，吹散一春愁。试问江南诸伴侣，谁似我，醉扬州。

【注释】

①巫山：借用巫山神女与楚襄王相会的故事，暗指美人。　②篘（chōu）：用薄竹片编制的滤酒器。　③月华羞：美人笑脸盈盈，顾盼生辉，使姣好的月亮都自愧不如。

南乡子　用韵和道辅（未倦长卿游）

未倦长卿游，漫舞夭歌烂不收[①]。不是使君能矫世[②]，谁留，教有琼梳[③]脱麝油。

香粉缕金球，花艳红笺笔欲流。从此丹唇[④]并皓齿[⑤]，清柔，唱遍山东一百州。

【注释】

①烂不收：光彩夺目，美不胜收。　②矫世：纠正世俗。

③琼梳：饰以美玉的发梳。 ④丹唇：红唇。曹植《洛神赋》："丹唇外朗，皓齿内鲜。" ⑤皓齿：雪白的牙齿。

南乡子（绣鞅玉镮游）

用前韵，赠田叔通[1]舞鬟。

绣鞅玉镮[2]游，灯晃帘疏笑却收。久立香车[3]催欲上，还留，更且檀唇[4]点杏油[5]。

花遍《六幺》球[6]，面旋回风带雪流。春入腰肢金缕细，轻柔，种柳应须柳柳州[7]。

【注释】

①田叔通：苏轼友人。 ②绣鞅玉镮（huán）：指装饰齐整的车马。 ③香车：装饰华美的车子，亦指妇女乘坐的车子。 ④檀唇：多形容女子嘴唇。 ⑤杏油：亦称"杏膏"，用杏实炮制成的脂膏。刘熙《释名·释饮食》有："柰（nài）油，捣柰实和以涂缯（zèng）上，燥而发之，形似油也。杏油亦如之。"柰是果木，是苹果的一种。缯是当时丝织物的总称，古谓之"帛"，汉谓之"缯"。 ⑥《六幺》球：《六幺》球舞在宋代是一种较为流行的舞蹈节目。 ⑦柳柳州：唐代文学家柳宗元。因其官终柳州刺史，故称"柳柳州"。

菩萨蛮（娟娟侵鬓妆痕浅）

娟娟侵鬓妆痕浅，双颦相媚弯如剪。一瞬百般宜，无论笑与啼。

酒阑思翠被[1]，特故[2]腾腾地。生怕促归轮，微波先泥人。

【注释】

①翠被：织有翡翠纹饰的被子。 ②特故：特意，故意。

菩萨蛮　咏足（涂香莫惜莲承步）

涂香[1]莫惜莲承步，长愁罗袜凌波[2]去。只见舞回风，都无行处踪。

偷穿宫样[3]稳，并立双趺[4]困。纤妙说应难，须从掌上看。

【注释】

①涂香：涂香又叫涂身香，或涂妙香，指把香料涂抹在身体上，消除体臭及热恼。 ②凌波：比喻美人步履轻盈，如乘碧波而行。③宫样：皇宫中流行的装束、服具等的式样。唐玄宗《好时光》："宝髻偏宜宫样，莲脸嫩，体红香。" ④双趺：指两足。

菩萨蛮（玉镮坠耳黄金饰）

玉镮坠耳黄金饰，轻衫罩体香罗碧。缓步困春醪[1]，春融[2]脸上桃。

花钿[3]从委地，谁与郎为意。长爱月华[4]清，此时憎月明。

【注释】

①春醪：春酒。 ②春融：春气融和，亦指春暖解冻。 ③花钿：古时妇女脸上的一种花饰。 ④月华：月光，月色。

蝶恋花 送潘大临[1]（别酒劝君君一醉）

别酒劝君君一醉。清润潘郎，又是何郎婿。记取钗头新利市，莫将分付东邻子。

回首长安佳丽地。三十年前，我是风流帅。为向青楼寻旧事，花枝缺处馀名字。

【注释】

①潘大临：宋代江西诗派诗人，字邠老，湖北黄州（今黄冈）人。与弟大观皆以诗名。从苏轼、黄庭坚、张耒游，雅所推重，有《柯山集》。

蝶恋花（泛泛东风初破五）

同安君生日放鱼，取《金光明经》[1]救鱼事。

泛泛[2]东风初破五[3]。江柳微黄，万万千千缕。佳气郁葱来绣户[4]，当年江上生奇女。

一盏寿觞[5]谁与举。三个明珠，膝上王文度[6]。放尽穷鳞[7]看圉圉[8]，天公为下曼陀雨。

【注释】

①《金光明经》：亦名《金光明最胜王经》，出自乾隆大藏经大乘五大部外重译经，由唐三藏法师义净翻译，在开阐如来秘密心髓、忏悔业障、积聚福德资粮以及弘扬佛法、护国利民等方面具有殊胜的功德。　②泛泛：荡漾的样子。　③破五：农历正月初五，民间传统节日，也称“忌针节”。　④绣户：华丽的居室，多指女子的住所。　⑤寿觞：祝寿的酒杯。　⑥膝上王文度：王文度，即王坦之，太原晋阳（今山西太原）人，东晋名臣，尚书令王述之子。王坦之从小备受父亲疼爱，即便长大仍会被父亲抱着坐于膝上，故有“膝上王文度”之称。　⑦穷鳞：失水之鱼，比喻处在困境的人。柳宗元《酬娄秀才将之淮南见赠之什》诗：“好音怜铩羽，濡沫慰穷鳞。”　⑧圉圉（yǔ yǔ）：困而未舒的样子。《孟子·万章上》：“昔者有馈生鱼于郑子产，子产使校人畜之池。校人烹之，反命曰：‘始舍之，圉圉焉；少则洋洋焉，攸然而逝。’”赵岐注：“圉圉，鱼在水羸劣之貌。洋洋，舒缓摇尾之貌。”

浣溪沙（入袂轻风不破尘）

入袂轻风不破尘，玉簪犀璧醉佳辰。一番红粉为谁新？
团扇[1]不堪题往事，柳丝那解系行人。酒阑滋味似残春。

【注释】

①团扇：即《团扇歌》，乐府吴声歌曲。

浣溪沙（几共查梨到雪霜）

几共查[1]梨到雪霜，一经题品便生光。木奴[2]何处避雌黄。
北客有来初未识，南金无价喜新尝。含滋嚼句齿牙香。

【注释】

①查：山楂。　②木奴：橘子古名。

浣溪沙（山色横侵蘸晕霞）

山色横侵蘸晕霞[①]，湘川[②]风静吐寒花。远林屋散尚啼鸦。

梦到故园多少路，酒醒南望隔天涯。月明千里照平沙[③]。

【注释】

①晕霞：晚霞。　②湘川：此处不指湖南湘水，而指湖北古荆州地区。　③平沙：广阔的沙原。

减字木兰花　琴（神闲意定）

神闲意定[①]，万籁[②]收声天地静。玉指[③]冰弦[④]，未动宫商[⑤]意已传。

悲风流水，写出寥寥千古意。归去无眠，一夜馀音在耳边。

【注释】

①神闲意定：神态悠闲，心意稳定。　②万籁：自然界万物发出的响声。籁，从孔穴中发出的声音。谢朓《答王世子》诗："苍云暗九重，北风吹万籁。"　③玉指：美人的手指。　④冰弦：琴弦的美称。传说中有用冰蚕丝制作的琴弦，故称。董解元《西厢记诸宫调》卷四："宝兽沉烟袅碧丝，半折的梨花繁杏枝。妆一胆瓶儿，冰弦重理，声渐辨雄雌。"　⑤宫商：古代音律中的宫音与商音，泛指音乐。

减字木兰花（银筝旋品）

银筝[①]旋品，不用缠头千尺锦。妙思如泉，一洗闲愁十五年。

为公少止，起舞属公《公莫》起。风里银山，摆撼[②]鱼龙我自闲。

【注释】

①银筝：用银装饰的筝或用银字表示音调高低的筝。戴叔伦《白苎词》："回鸾转凤意自娇，银筝锦瑟声相调。" ②摆撼：摇动。

减字木兰花 赠君猷家姬[1]（柔和性气）

柔和性气，雅称[2]佳名呼懿懿。解舞能讴[3]，绝妙年中有品流。

眉长眼细，淡淡梳妆新绾髻[4]。懊恼风情，春着花枝百态生。

【注释】

①家姬：豪门之中半婢半妾的女子，地位很低，一般都是买来的。她们多能歌善舞，以声色娱乐主人及来客。古诗中所谓"千金骏马换小妾"，即指家姬。 ②雅称：素称，美称。 ③解舞能讴：善舞能歌。解、能，都是指懂、善、会。 ④绾髻（wǎn jì）：亦作"绾结"，谓盘绕发髻。

减字木兰花（莺初解语）

莺初解[1]语[2]，最是一年春好处。微雨如酥，草色遥看近却无。

休辞[3]醉倒，花不看开人易老。莫待春回，颠倒[4]红英[5]间绿苔。

【注释】

①解：能。 ②语：此处指莺鸣，娇啼婉转，犹如说话。③休辞：不要推托。 ④颠倒：纷乱。 ⑤红英：指落花。

减字木兰花（江南游女）

江南游女，问我何年归得去。雨细风微，两足如霜挽纻衣[1]。

江亭夜语，喜见京华新样舞。莲步轻飞，迁客今朝始是归。

【注释】

①纻（zhù）衣：麻衣。

减字木兰花（娇多媚杀）

赠徐君猷三侍人[1]，一妩卿。

娇多媚杀，体柳轻盈千万态。殢主尤宾，敛黛[2]含颦[3]喜又瞋。

徐君乐饮[4]，笑谑[5]从伊情意恁。脸嫩肤红，花倚朱阑裹住风。

【注释】

①侍人：随身的奴仆。后多指女侍。　②敛黛：敛蛾，皱眉。③含颦：皱眉，形容哀愁。　④乐饮：畅饮。《史记·高祖本纪》："沛父兄诸母故人日乐饮极驩，道旧故为笑乐。"　⑤笑谑：开玩笑，嬉笑戏谑。

减字木兰花　胜之（双鬟绿坠）

双鬟[1]绿坠，娇眼[2]横波[3]眉黛翠。妙舞蹁跹[4]，掌上身轻意态[5]妍[6]。

曲穷力困，笑倚人旁香喘喷。老大逢欢，昏眼犹能子细看。

【注释】

①双鬟：古代未婚女子常用的一种发式，其特点是在头的两侧各盘卷一髻垂下。　②娇眼：美人娇媚的眼睛。　③横波：比喻女子眼神流动，如水横流。　④蹁跹：也作"翩跹"，形容旋转舞动。语出元稹《代曲江老人》诗："掉荡云门发，蹁跹鹭羽振。"　⑤意态：神情姿态。　⑥妍：美丽。

减字木兰花　庆姬（天真雅丽）

天真雅丽[①]，容态温柔心性[②]慧。响亮歌喉，遏住行云[③]翠不收。

妙词佳曲，啭出新声能断续。重客多情，满劝金卮[④]玉手擎。

【注释】

①雅丽：高雅优美，雅正华丽。　②心性：谓性情，性格。③遏住行云：指声音高入云霄，把流动的云彩也止住了，多用以形容歌声嘹亮。遏，阻止、使停止。行云，流动的云彩。　④金卮：金制酒器，亦为酒器的美称。

南歌子（见说东园好）

见说东园好，能消北客愁。虽非吾土且登楼，行尽江南南岸此淹留。

短日明枫缬[①]，清霜暗菊球。流年回首付东流，凭仗挽回潘鬓[②]莫教秋。

【注释】

①缬（xié）：染有彩纹的丝织品。　②潘鬓：如潘岳那样的鬓发。

如梦令　题淮山楼（城上层楼叠巘）

城上层楼叠巘[①]，城下清淮古汴[②]。举手揖吴云[③]，人与暮天俱远。魂断，魂断，后夜松江[④]月满。

【注释】

①叠巘（yǎn）：重叠的山峰。　②古汴：汴河故道。　③吴云：吴地的云。　④松江：即吴淞江。

瑞鹧鸪（城头月落尚啼乌）

寒食未明至湖上，太守未来，两县令先在。

城头月落尚啼乌，朱舰红船早满湖。鼓吹未容迎五马，水云先已漾双凫。

映山黄帽螭头舫[1]，夹岸青烟鹊尾炉。老病逢春只思睡，独求僧榻寄须臾。

【注释】

①螭（chī）头舫：指龙船。

临江仙　赠王友道（谁道东阳都瘦损）

谁道东阳[1]都瘦损，凝然点漆[2]精神。瑶林终自隔风尘。试看披鹤氅，仍是谪仙人。

省可清言挥玉麈，真须保器全真。风流何似道家纯。不应同蜀客，惟爱卓文君。

【注释】

①东阳：沈约，曾为东阳太守，故称“东阳”。　②点漆：用黑漆点睛。

少年游（玉肌铅粉傲秋霜）

黄之侨人郭氏，每岁[1]正月迎紫姑[2]神，以箕为腹，箸[3]为口，画灰[4]盘中为诗，敏捷立成。余往观之，神请余作《少年游》，乃以此戏之。

玉肌铅粉傲秋霜，准拟凤呼凰。伶伦[5]不见，清香未吐，且糠粃[6]吹扬。

到处成双君独只，空无数、烂文章。一点香檀，谁能借箸[7]，无复似张良[8]。

【注释】

①每岁：每年。 ②紫姑：民间传说中的女神。相传紫姑为人家妾，被正妻所妒，逐出，于正月十五日含恨而死。因此自南北朝以来，民间就有迎祭紫姑之俗。 ③箸：筷子。 ④画灰：用棍在灰中拨动。 ⑤伶伦：又称泠伦，是古代民间传说中的人物。《吕氏春秋·仲夏纪》记载，泠伦是中国音乐的始祖。相传其为黄帝时代的乐官，是古代发明律吕、据以制乐的始祖。 ⑥糠秕（kāng bǐ）：在打谷或加工过程中从种子上分离出来的皮或壳，比喻琐碎的事或没有价值的东西。 ⑦借箸：典出《汉书》卷四十《张陈王周传·张良》。刘邦正在吃饭，张良借刘邦的筷子在饭桌上比划一番，具体分析楚汉双方以后的形势及利害冲突，明确指出不能重用六国诸侯的原因。刘邦采用了张良的战略，最终突破了项羽的重重包围。后人遂用“借箸”来指为人谋划。 ⑧张良：秦末汉初谋士，祖先五代相韩。秦灭韩后，他在博浪沙刺杀秦始皇未中，逃至下邳时遇黄石公，得《太公兵法》，深明韬略。秦末农民战争中，他聚众归刘邦，为其主要智囊。张良向刘邦提出“聚集三王，方可与霸王一战”的计策，成功帮助刘邦击败了楚汉战争中最强劲的对手项羽。

【点评】

《少年游》（玉肌铅粉傲秋霜）则以幽默的笔致写了一个迎紫姑神的故事……词篇虽出之以游戏口吻，却对紫姑神及郭氏的不幸深表同情。

——崔海正

一斛珠（洛城春晚）

洛城[1]春晚，垂杨乱掩红楼半。小池轻浪[2]纹如篆，烛下花前，曾醉离歌宴。

自惜风流云雨散，关山有限情无限。待君重见寻芳伴，为说相思，目断[3]西楼燕。

【注释】

①洛城：洛阳。 ②轻浪：微波。 ③目断：犹望断，一直望到看不见。丘为《登润州城》诗："乡山何处是，目断广陵西。"

点绛唇（闲倚胡床）

闲倚胡床①，庾公楼②外峰千朵。与谁同坐，明月清风我。

别乘③一来，有唱应须和。还知么，自从添个，风月平分破。

【注释】

①胡床：亦称"交床""交椅""绳床"，是古时一种可以折叠的轻便坐具。 ②庾公楼：一名庾楼，位于江西九江。 ③别乘：别驾。

点绛唇（红杏飘香）

红杏飘香，柳含烟翠拖金缕。水边朱户①，门掩黄昏雨。

烛影摇风，一枕伤春绪。归不去，凤楼②何处，芳草迷归路。

【注释】

①朱户：红色的门窗，多指女子居住的房屋。 ②凤楼：指女子的居所。

【点评】

有态。

——沈际飞

暮春景物最是愁人，此作得之矣。

——李廷机

虞美人（持杯遥劝天边月）

持杯遥劝天边月，愿月圆无缺。持杯更复劝花枝，且愿花枝长在莫离披①。

持杯月下花前醉，休问荣枯事。此欢能有几人知，对酒逢花不饮待何时。

【注释】

①离披：分散下垂貌，纷纷下落貌。《楚辞·九辩》：“白露既下百草兮，奄离披此梧楸。”朱熹集注：“离披，分散貌。”

天仙子（走马探花花发未）

走马探花花发未，人与化工俱不易。千回来绕百回看，蜂作婢，莺为使，谷雨清明空屈指。

白发卢郎①情未已，一夜剪刀收玉蕊。尊前还对断肠红，人有泪，花无意，明日酒醒应满地。

【注释】

①卢郎：唐校书郎卢某妻崔氏《述怀》诗：“不怨卢郎年纪大，不怨卢郎官职卑。自恨妾身生较晚，不及卢郎年少时。”《全唐诗》题下注：“校书娶崔时年已暮，崔微有愠色，赠诗述怀。”

满庭芳（归去来兮，清溪无底）

余谪居黄州五年，将赴临汝，作《满庭芳》一篇别黄人。既至南都，蒙恩放归阳羡，复作一篇。

归去来兮，清溪无底，上有千仞嵯峨。画楼东畔，天远夕阳多。老去君恩未报，空回首、弹铗悲歌。船头转，长风万里，归马驻平坡。

无何，何处有，银潢尽处，天女停梭。问何事人间，久戏风波。顾谓同来稚子，应烂汝、腰下长柯①。青衫破，群仙笑我，千缕挂烟蓑。

【注释】

①“应烂汝”二句：语出《述异记》：“信安郡石室山，晋时王质伐木至，见童子数人棋而歌，质因听之。童子以一物与质，如枣核，

质舍之而不觉饥。俄顷，童子谓曰：‘何不去？’质起视，斧柯尽烂。既归，无复时人。”

南乡子　宿州上元（千骑试春游）

千骑试春游，小雨如酥落便收。能使江东归老客，迟留，白酒无声滑泻油。

飞火乱星球，浅黛横波翠欲流。不似白云乡外冷，温柔，此去淮南第一州。

浣溪沙（缥缈红妆照浅溪）

缥缈红妆照浅溪，薄云疏雨不成泥。送君何处古台西。

废沼夜来秋水满，茂林深处晚莺啼。行人肠断草凄迷。

浣溪沙　送叶淳老（阳羡姑苏已买田）

阳羡[1]姑苏[2]已买田，相逢谁信是前缘。莫教便唱水如天。

我作洞霄君作守，白头相对故依然。西湖知有几同年？

【注释】

①阳羡：古称荆溪、荆邑，秦始皇二十六年（前221）置阳羡县，属会稽郡。　②姑苏：苏州古称。

减字木兰花（空床响琢）

空床响琢，花上春禽冰上雹。醉梦尊前，惊起湖风入坐寒。

《转关》《镬索》[1]，春水流弦霜入拨。月堕更阑[2]，更请宫高奏独弹。

【注释】

①《转关》《镬（huò）索》：琵琶曲名。　②更阑：更深夜残。唐代方干《元日》诗：“晨鸡两遍报更阑，刁斗无声晓漏干。”

减字木兰花（回风落景）

五月二十四日，会于无咎[①]之随斋。主人汲[②]泉置大盆中，渍白芙蓉，坐客翛然[③]，无复[④]有病暑意。

回风落景[⑤]，散乱东墙疏竹影。满座清微，入袖寒泉不湿衣。

梦回酒醒，百尺飞澜鸣碧井。雪洒冰麾，散落佳人白玉肌。

【注释】

①无咎：朴素无华的装饰。语出《易经》。《易·贲》："上九，白贲（bēn）无咎。" ②汲（jí）：从井里打水，取水。 ③翛（xiāo）然：形容超脱或自由自在的样子。语出《庄子·大宗师》："翛然而往，翛然而来而已矣。"成玄英疏："翛然，无系貌也。" ④无复：指不再有，没有。 ⑤落景：落日景象。

减字木兰花　以大琉璃杯劝王仲翁（海南奇宝）

海南奇宝，铸出团团如栲栳[①]。曾到昆仑，乞得山头玉女盆。

绛州王老[②]，百岁痴顽[③]推不倒。海口如门，一派黄流已电奔[④]。

【注释】

①栲栳（kǎo lǎo）：即由柳条编成的容器，形状像斗，也叫笆斗。 ②绛州王老：即王仲翁。 ③痴顽：藏拙，不合流俗。 ④电奔：此处形容王仲翁牛饮之速。

行香子（北望平川）

与泗守过南山晚归作。

北望平川，野水荒湾，共寻春、飞步孱颜[①]。和风弄袖，香雾萦鬟。正酒酣时，人语笑，白云间。

飞鸿落照，相将归去。澹娟娟[2]、玉宇清闲。何人无事，宴坐空山。望长桥上，灯火乱，使君还。

【注释】

①孱颜：山高峻的样子。 ②澹娟娟：淡然恬静的月亮。

画堂春　寄子由（柳花飞处麦摇波）

柳花飞处麦摇波，晚湖净，鉴[1]新磨。小舟飞棹去如梭，齐唱采菱歌。

平野水云溶漾[2]，小楼风日晴和。济南何在暮云多，归去奈愁何。

【注释】

①鉴：镜子。 ②溶漾：水波荡漾貌。

浣溪沙　方响[1]（花满银塘水漫流）

花满银塘[2]水漫流，犀槌[3]玉板奏《凉州》。顺风环佩[4]过秦楼。

远汉[5]碧云轻漠漠，今宵人在鹊桥头。一声敲彻绛河秋。

【注释】

①方响：古代敲击乐器，出自南北朝时的北周（557—581），后为隋、唐燕乐中常用的乐器。它通常由十六块音板根据音高顺序排列而成，用木槌或小铁槌敲击发音。《旧唐书·音乐志》：“梁有铜磬，盖今方响之类。方响，以铁为之，修八寸，广二寸，圆上方下。架如磬而不设业（乐器架子横木上的大板），倚于架上以代钟磬。”

②银塘：清澈的池塘。 ③犀槌（chuí）：亦作“犀椎”，古代打击乐器方响中的犀角制小槌。 ④环佩：古人所系的佩玉，后多指女子所佩的玉饰。《礼记·经解》：“行步则有环佩之声，升车则有鸾和之音。” ⑤远汉：遥远的天河。

好事近（烟外倚危楼）

烟外倚危楼，初见远灯明灭。却跨玉虹归去，看洞天星月。

当时张范[①]风流在，况一尊浮雪[②]。莫问世间何事、与剑头微吷[③]。

【注释】

①张范：指张劭和范式，后汉的一对至交好友。 ②浮雪：白酒。 ③剑头微吷（xué）：喻微小、无足轻重。

占春芳（红杏了）

红杏了，夭桃[①]尽，独自占春芳。不比人间兰麝，自然透骨生香。

对酒莫相忘，似佳人兼合明光。只忧长笛吹花落，除是宁王[②]。

【注释】

①夭桃：《诗经·桃夭》："桃之夭夭，灼灼其华。" ②宁王：为开国受军之王。

南歌子（云鬓裁新绿）

云鬓[①]裁[②]新绿[③]，霞衣[④]曳[⑤]晓红[⑥]。待歌凝立[⑦]翠筵[⑧]中，一朵彩云[⑨]何事下巫峰[⑩]。

趁拍鸾飞镜[⑪]，回身燕漾[⑫]空。莫翻红袖[⑬]过帘[⑭]栊[⑮]，怕被杨花[⑯]勾引嫁东风[⑰]。

【注释】

①云鬓：形容女子像乌云一般浓黑、柔美的鬓发。 ②裁：修剪，安排，这里指插戴。 ③绿：乌黑发亮的颜色，多形容鬓发。④霞衣：轻柔艳丽的衣服，这里指舞蹈时穿的霞披。 ⑤曳（yè）：

拖，拉。 ⑥晓红：指早晨太阳初升时的红色霞光。 ⑦凝立：一动不动地站立。 ⑧翠筵：指青绿色的席子。翠，青绿色。筵，用蒲苇、竹篾和枝条等编织而成的席子。 ⑨彩云：绚丽多彩的云朵，此指巫山神女。据《昭明文选·高唐赋序》中记载："昔者先王尝游高唐，怠而昼寝。梦见一妇人，曰：'妾巫山之女也，为高唐之客。闻君游高唐，愿荐枕席。'王因幸之。去而辞曰：'妾在巫山之阳，高丘之阻，旦为朝云，暮为行雨，朝朝暮暮，阳台之下。'旦朝视之，如言，故为之立庙，号曰朝云。" ⑩巫峰：即巫山，位于今四川巫山县东南。此句用巫山神女比喻舞女的光彩照人。 ⑪鸾飞镜：即鸾镜。据南朝宋范泰《鸾鸟诗》序中记载："昔罽宾王结置峻祁之山，获一鸾鸟，王甚爱之，欲其鸣而不致也。乃饰以金樊，飨以珍羞。对之逾戚，三年不鸣。夫人曰：'闻鸟见其类而后鸣，何不悬镜以映之？'王从言。鸾睹影感契，慨焉悲鸣，哀响中霄，一奋而绝。"后人遂用"鸾镜"指化妆时用的镜子。 ⑫漾（yáng）：飘扬，飞扬。⑬红袖：女子红色的衣袖。这里用来代指美丽的歌女。 ⑭帘：用布、竹子、苇子等做的有遮蔽作用的器物。 ⑮栊（lóng）：窗户。 ⑯杨花：也可指柳絮。 ⑰东风：指春风。

浪淘沙（昨日出东城）

昨日出东城，试探春情。墙头红杏暗如倾。槛内群芳芽未吐，早已回春。

绮陌敛香尘，雪霁前村。东君用意不辞辛。料想春光先到处，吹绽梅英。

木兰花令（元宵似是欢游好）

元宵似是欢游①好，何况公庭民讼②少。万家游赏上春台③，十里神仙迷海岛。

平原不似高阳傲，促席④雍容陪语笑。坐中有客最多情，不惜玉山拚[5]醉倒。

【注释】

①欢游：欢聚嬉游。　②民讼：民众的诉讼事宜。　③春台：典出《老子·道经·二十章》："众人熙熙，如享太牢，如登春台。"指春日登眺览胜之处。　④促席：座席互相靠近。左思《蜀都赋》："合樽促席，引满相罚。乐饮今夕，一醉累月。"李善注："东方朔六言诗曰：'合樽促席相娱。'"　⑤拚：舍弃，豁出去。

木兰花令（经旬未识东君信）

经旬未识东君信[1]，一夕熏风[2]来解愠[3]。红绡衣薄麦秋寒，绿绮韵低梅雨润。

瓜头绿染山光[4]嫩，弄色[5]金桃新傅粉[6]。日高慵卷水晶帘，犹带春醪红玉困。

【注释】

①东君信：比喻世节变化的规律。东君，指日神。　②熏风：和风。　③解愠：消除烦恼。愠，恼怒怨恨。　④山光：山的景色。⑤弄色：显现美色。　⑥傅粉：古代妇女的一种化妆方法，以脂粉一类化妆品涂敷在脸上，取得面白气香的化妆效果。

木兰花令（高平四面开雄垒）

高平[1]四面开雄垒，三月风光初觉媚。园中桃李使君家，城上亭台游客醉。

歌翻《杨柳》金尊沸，饮散凭阑无限意。云深不见玉关遥，草细山重残照里。

【注释】

①高平：即泗州。

虞美人（冰肌自是生来瘦）

冰肌自是生来瘦，那更分飞后。日长帘幕望黄昏，及至黄昏时候转消魂。

君还知道相思苦，怎忍抛奴去？不辞迢递过关山，只恐别郎容易见郎难。

虞美人（深深庭院清明过）

深深庭院清明过，桃李初红破。柳丝搭在玉阑干，帘外潇潇微雨做轻寒。

晚晴台榭增明媚，已拚花前醉。更阑人静月侵廊，独自行来行去好思量。

临江仙（昨夜渡江何处宿）

昨夜渡江何处宿，望中疑是秦淮。月明谁起笛中哀。多情王谢女，相逐过江来。

云雨未成还又散，思量好事难谐。凭陵急桨两相催。想伊归去后，应似我情怀。

蝶恋花（春事阑珊芳草歇）

春事阑珊芳草歇。客里风光，又过清明节。小院黄昏人忆别，落红处处闻啼鴂[1]。

咫尺江山分楚越。目断魂销，应是音尘绝。梦破五更心欲折，角声吹落梅花月。

【注释】

①啼鴂（jué）：即杜鹃。

蝶恋花（记得画屏初会遇）

记得画屏初会遇。好梦惊回[①]，望断高唐[②]路。燕子双飞来又去，纱窗几度春光暮。

那日绣帘相见处。低眼佯行[③]，笑整香云缕[④]。敛尽[⑤]春山[⑥]羞不语，人前深意难轻诉。

【注释】

①惊回：惊醒。 ②高唐：战国时楚国台馆名，位于云梦泽中，楚王游猎之所，一说位于江汉平原。 ③佯行：假装走。 ④香云缕：对妇女头发的美称。 ⑤敛尽：紧收，收敛。 ⑥春山：喻指女人姣好的眉毛。

【点评】

东坡作词虽以豪放著称，但其情词却又极为婉约柔美，而且一扫花间以来的绮靡香腻之态。他写女性形象，情景生动而不流于艳，感情真挚而不落于轻，洗尽铅华而突出神韵。这首词即是很好的例证。恋情词风调如此婉转柔媚，同样出自东坡笔下，何尝逊于秦七、小晏。

——刘默

蝶恋花（昨夜秋风来万里）

昨夜秋风来万里。月上屏帏[①]，冷透人衣袂[②]。有客抱衾[③]愁不寐，那堪玉漏[④]长如岁[⑤]。

羁舍留连归计未。梦断魂消，一枕相思泪。衣带渐宽[⑥]无别意，新书[⑦]报我添憔悴。

【注释】

①屏帏：屏风和床帐。 ②衣袂：衣袖。 ③衾：被子。 ④玉漏：古代计时器。 ⑤长如岁：度夜如年。 ⑥衣带渐宽：指人因忧愁而消瘦。 ⑦新书：新写的信。

蝶恋花（雨霰疏疏经泼火）

雨霰[①]疏疏经泼火[②]。巷陌秋千，犹未清明过。杏子梢头香蕾破，淡红褪白胭脂涴[③]。

苦被多情相折挫[④]。病绪厌厌[⑤]，浑似年时个[⑥]。绕遍回廊还独坐，月笼云暗重门锁。

【注释】

①雨霰（xiàn）：细雨和雪珠。　②泼火：河朔地区谓桃花雨为泼火雨。　③涴（wò）：侵染。　④折挫：折磨。　⑤厌厌：精神萎靡貌。　⑥个：语助词，相当于“的”。

蝶恋花（蝶懒莺慵春过半）

蝶懒莺慵春过半。花落狂风，小院残红满。午醉未醒红日晚，黄昏帘幕无人卷。

云鬓鬅松[①]眉黛浅。总是愁媒，欲诉谁消遣。未信此情难系绊，杨花犹有东风管。

【注释】

①鬅（péng）松：同“蓬松”。

渔家傲（临水纵横回晚鞚）

临水纵横回晚鞚[①]，归来转觉情怀动。梅笛烟中闻几弄。秋阴重，西山雪淡云凝冻。

美酒一杯谁与共，尊前舞雪狂歌送。腰跨金鱼旌旆拥。将何用，只堪妆点浮生梦。

【注释】

①鞚（kòng）：有嚼口的马络头。

祝英台近（挂轻帆）

挂轻帆，飞急桨，还过钓台路。酒病无聊，攲枕[1]听鸣橹[2]。断肠簇簇云山，重重烟树，回首望、孤城何处？

间离阻，谁念萦损襄王，何曾梦云雨。旧恨前欢，心事两无据。要知欲见无由，痴心犹自，倩人道、一声传语。

【注释】

①攲（yī）枕：倚靠枕头。　②鸣橹（lǔ）：发出很大声响的大桨。

雨中花慢（邃院重帘何处）

邃院重帘何处，惹得多情，愁对风光。睡起酒阑花谢，蝶乱蜂忙。今夜何人，吹笙北岭，待月西厢。空帐望处，一株红杏，斜倚低墙。

羞颜易变，傍人先觉，到处被着猜防。谁信道、些儿恩爱，无限凄凉。好事若无间阻，幽欢却是寻常。一般滋味，就中香美，除是偷尝。

雨中花慢（嫩脸羞蛾因甚）

嫩脸羞蛾因甚，化作行云，却返巫阳。但有寒灯孤枕，皓月空床。长记当初，乍谐云雨，便学鸾凰。又岂料正好，三春桃李，一夜风霜。

丹青□画，无言无笑，看了漫结愁肠。襟袖上、犹存残黛，渐减馀香。一自醉中忘了，奈何酒后思量。算应负你，枕前珠泪，万点千行。

念奴娇　中秋（凭高眺远）

凭高眺远，见长空万里，云无留迹。桂魄[1]飞来光射处，冷浸一天秋碧。玉宇琼楼②，乘鸾③来去，人在清凉国④。江山如画，望中烟树历历。

我醉拍手狂歌，举杯邀月，对影成三客。起舞徘徊风露下，今夕不知何夕。便欲乘风，翻然⑤归去，何用骑鹏翼⑥。水晶宫⑦里，一声吹断横笛。

【注释】

①桂魄：月亮的别称。古时称月亮为"魄"，相传月中有桂树，故又称月亮为"桂魄"。《周易参同契》卷下："阳神日魂，阴神日魄。" ②玉宇琼楼：传说中月宫里神仙住的楼宇。王嘉《拾遗记》载：翟乾佑与弟子在江边赏月，有人问月中何有，翟让弟子顺着他手指的方向看去，只见月中"琼楼玉宇烂然"。 ③鸾（luán）：鸾鸟。④清凉国：指月宫。 ⑤翻然：回飞的样子。 ⑥鹏翼：鹏鸟的翅膀。鹏，传说中的大鸟。《庄子·逍遥游》："北冥有鱼，其名为鲲。鲲之大，不知其几千里也，怒而飞，其翼若垂天之云。" ⑦水晶宫：指清彻明净的月宫。

水龙吟（小沟东接长江）

小沟东接长江，柳堤苇岸连云际。烟村潇洒，人间一哄，渔樵早市。永昼端居，寸阴虚度，了成何事。但丝莼①玉藕，珠秔②锦鲤，相留恋，又经岁。

因念浮丘旧侣，惯瑶池、羽觞沉醉。青鸾歌舞，铢衣摇曳，壶中天地。飘堕人间，步虚声断，露寒风细。抱素琴独向，银蟾影里，此怀难寄。

【注释】

①丝莼（chún）：湖水植物，可做菜。 ②珠秔（jīng）：贵重的粳米。

水龙吟（露寒烟冷蒹葭老）

露寒烟冷蒹葭①老，天外征鸿寥唳②。银河秋晚，长门灯悄，一声初至。应念潇湘，岸遥人静，水多菰米[3]。□望极平田，徘徊欲下，依前被，风惊起。

须信衡阳[4]万里，有谁家、锦书遥寄。万重云外，斜行横阵[5]，才疏又缀。仙掌月明[6]，石头城下，影摇寒水。念征衣未捣[7]，佳人拂杵[8]，有盈盈泪。

【注释】

①蒹葭：芦苇。 ②寥唳：亦作“寥戾”，形容声音凄清高远。 ③菰（gū）米：菰之实。菰，多年生草本植物，生在浅水里，嫩茎称“茭白”，可做蔬菜；果实称“菰米”，“雕胡米”，可煮食。 ④衡阳：地处南岳衡山之南，因山南水北为“阳”，故得此名。 ⑤斜行横阵：指飞行的雁阵。大雁飞行时或为“人”字形，或为“一”字形，故称。 ⑥仙掌月明：汉武帝曾以铜制作承露盘，高二十丈，大十围，上有仙人伸掌承接露水。金铜仙人在长安建章宫，此处以仙掌喻指金陵宫阙。 ⑦捣：用棍子的一端捶打。 ⑧杵：捶衣的木棒。

渔父（渔父饮）

渔父饮，谁家去，鱼蟹一时分付。酒无多少醉为期，彼此不论钱数。

渔父（渔父醉）

渔父醉，蓑衣舞，醉里却寻归路。轻舟短棹任横斜，醒后不知何处。

渔父（渔父醒）

渔父醒，春江午，梦断落花飞絮。酒醒还醉醉还醒，一笑人间今古。

渔父（渔父笑）

渔父笑，轻鸥举，漠漠一江风雨。江边骑马是官人，借我孤舟南渡。

醉翁操（琅然）

琅琊幽谷，山水奇丽，泉鸣空涧，若中音会。醉翁喜之，把酒临听，辄欣然忘归。既去十馀年，而好奇之士沈遵闻之往游，以琴写其声，曰《醉翁操》。节奏疏宕而音指华畅，知琴者以为绝伦。然有其声而无其辞，翁虽为作歌，而与琴声不合。又依《楚词》作《醉翁引》，好事者亦倚其辞以制曲，虽粗合韵度，而琴声为词所绳约①，非天成也。后三十馀年，翁既捐馆舍，遵亦没久矣。有庐山玉涧道人崔闲，特妙于琴，恨此曲之无词，乃谱其声，而请东坡居士以补之云。

琅然②，清圜③，谁弹？响空山，无言，惟翁醉中知其天。月明风露娟娟，人未眠。荷蒉④过山前，曰有心也哉此贤。

醉翁啸咏，声和流泉。醉翁去后，空有朝吟夜怨。山有时而童巅⑤，水有时而回川⑥，思翁无岁年⑦。翁今为飞仙，此意在人间，试听徽⑧外三两弦。

【注释】

①绳约：束缚，限制。　②琅然：象声词，响亮的样子。③清圜：清新圆润。　④荷蒉（hè guì）：草编的盛器，代指欧阳修。⑤童巅：山顶光秃。《释名·释长幼》："山无草木曰童。"　⑥回川：旋涡。李白《蜀道难》："下有冲波逆折之回川。"　⑦无岁年：不论岁月。　⑧徽：系琴的绳。

【点评】

人谓东坡作此文，因难以见巧，故极工。余则以为不然。彼其老于文章，故落笔皆超逸绝尘耳。

——黄庭坚

余与子瞻皆欧阳公门下士也，公作《醉翁吟》，既获见之矣。公没后，子瞻复按谱成《醉翁操》，不徒调与琴协，即公之风流余韵，亦于此可想焉。后人展此，庶尚见公与子瞻相契者深也。

——曾巩

文公《琴操》，前人以入七言古，盖《琴操》，琴声也。至苏文忠《醉翁操》，则非特琴声，乃水声矣。故不近诗而近词。

——翁方纲

檃括体不可作也，不独《醉翁》如嚼蜡，即子瞻改琴诗，“琵琶”字不见，毕竟是全首说梦。

——刘体仁

东坡自评其文同：“如万斛泉源，不择地而出。”唯词亦然。

——许昂霄

清绝、高绝，不许俗人问津。

——陈廷焯

南歌子　送行甫赴余姚（日出西山雨）

日出西山雨，无晴又有晴。乱山深处过清明，不见彩绳花板①细腰轻。

尽日②行桑野③，无人与目成④。且将新句⑤琢琼英⑥，我是世间闲客⑦此闲行⑧。

【注释】

①彩绳花板：指打秋千的游戏。宋洪觉范《秋千》诗：“花板润沾红杏雨，彩绳斜挂绿杨烟。”　②尽日：终日，整天。　③桑野：植桑的田野。语出《诗·豳风·东山》：“蜎蜎者蠋，烝在桑野。”　④目成：两心相悦，以目传情。　⑤新句：诗文中清新优美的语句。　⑥琼英：似玉的美石，比喻美妙的诗文。　⑦闲客：清闲的人。　⑧闲行：亦作“间行”，指漫步。

千秋岁　次韵少游[1]（岛边天外）

岛边天外[2]。未老身先退。珠泪溅，丹衷[3]碎。声摇苍玉佩，色重黄金带[4]。一万里[5]，斜阳正与长安[6]对。

道远谁云会。罪大天能盖。君命重，臣节[7]在。新恩犹可觊[8]，旧学终难改。吾已矣，乘桴且恁浮于海[9]。

【注释】

①少游：即秦观。　②岛边天外：指琼州（今海南岛）。　③丹衷：犹言丹心。　④“声摇”二句：喻声情之惨怛。苍玉佩、黄金带，均指朝廷命官所佩的饰物。　⑤一万里：时苏轼居海南，距京城甚远，故云。　⑥长安：今陕西西安，汉唐时京都。此当指北宋京都汴京（今河南开封）。　⑦臣节：人臣的节操。语出《孔子家语·致思》：“长事齐君，君骄奢失士，臣节不遂，是二失也。”　⑧觊：希图，冀望。　⑨乘桴且恁浮于海：《论语·公冶长》：“道不行，乘桴浮于海，从我者其由与？”桴，小筏子。恁，这样。

菩萨蛮（风回仙驭云开扇）

风回仙驭[1]云开扇，更阑月堕星河转。枕上梦魂惊，晓来疏雨零。

相逢虽草草，长共天难老。终不羡人间，人间日似年。

【注释】

①风回仙驭：风把太阳神坐的车吹得又倒转回来，借喻天快亮了。仙驭，指太阳神驾着车。

南乡子（晚景落琼杯）

晚景落琼杯[1]。照眼[2]云山翠作堆[3]。认得岷峨春雪浪，初来，万顷蒲萄涨渌醅[4]。

春雨暗阳台[5]。乱洒歌楼湿粉腮。一阵东风来卷地，吹回[6]，落照[7]江天一半开。

【注释】

①琼杯：玉杯。　②照眼：耀眼。杜甫《酬郭十五判官》："药里关心诗总废，花枝照眼句还成。"　③翠作堆：形容绿色之盛。④渌醅（lù pēi）：清澈的酒。　⑤阳台：相传在四川巫山。宋玉《高唐赋》："妾在巫山之阳，高丘之阻，旦为朝云，暮为行雨。朝朝暮暮，阳台之下。"此处指歌女所处之所，亦即下句中的"歌台"。　⑥吹回：指风吹雨散。　⑦落照：落日之光。杜牧《洛阳长句二首》之一："桥横落照虹堪画。"

南乡子　送述古（回首乱山横）

回首乱山横，不见居人只见城。谁似临平[1]山上塔，亭亭[2]，迎客西来送客行。

归路晚风清，一枕初寒梦不成。今夜残灯斜照处，荧荧[3]，秋雨晴时泪不晴。

【注释】

①临平：山名，在浙江余杭境内。四周平旷，无高山峻岭。　②亭亭：高远耸立的样子。　③荧荧：微光闪烁的样子。

南乡子（东武望馀杭）

和杨元素，时移守密州[1]。

东武望馀杭[2]，云海天涯两渺茫。何日功成名遂了，还乡，醉笑陪公三万场[3]。

不用诉离觞[4]，痛饮从来别有肠。今夜送归灯火冷，河塘[5]，堕泪羊公却姓杨[6]。

【注释】

①和杨元素，时移守密州：熙宁七年（1074）七月，杨元素接替陈襄为杭州知州。九月，苏轼由杭州通判调为密州知府，杨为其饯别

于西湖上，唱和此词。　②馀杭：杭州。　③醉笑陪公三万场：李白《襄阳歌》：“百年三万六千日，一日须倾三百杯。”此化用其意。④离觞：离杯，即离别的酒宴。　⑤河塘：指沙河塘，在杭州城南五里，宋时为繁荣之区。　⑥堕泪羊公却姓杨：《晋书·羊祜传》：“羊祜为荆州督。其后襄阳百姓于祜在岘山游息之处建庙立碑，岁时享祭，望其碑者，莫不流涕。杜预因名之为‘堕泪碑’。”此处以杨绘比羊祜，因“羊”“杨”音近。

南乡子　和杨元素（凉簟碧纱厨）

凉簟碧纱厨，一枕清风昼睡馀。睡听晚衙无个事，徐徐，读尽床头几卷书。

搔首赋归欤，自觉功名懒更疏。若问使君才与气，何如，占得人间一味愚。

南乡子（寒雀满疏篱）

梅花词，和杨元素。

寒雀满疏篱，争抱寒柯[1]看玉蕤[2]。忽见客来花下坐，惊飞，蹋散芳英[3]落酒卮[4]。

痛饮又能诗，坐客无毡醉不知。花谢酒阑[5]春到也，离离[6]，一点微酸[7]已着枝。

【注释】

①柯：草木的枝茎。　②蕤（ruí）：草木花下垂貌。　③英：花，花片。　④卮（zhī）：酒器。　⑤阑：残尽。　⑥离离：分披繁盛的样子。　⑦微酸：指梅子。

南乡子（裙带石榴红）

沈强辅雯上出犀丽玉作胡琴送元素还朝，同子野各赋一首。

裙带[1]石榴红，却水殷勤解赠[2]侬。应许[3]逐鸡鸡莫怕，相逢，一点灵心必暗通。

何处遇良工，琢刻天真半欲空。愿作龙香双凤拨，轻拢，长在环儿白雪胸。

【注释】

①裙带：女子束裙裳的腰带。 ②解赠：解囊赠送。 ③应许：答应，允许。

南乡子（旌旆满江湖）

旌旆满江湖，诏发楼船万舳舻。投笔将军因笑我，迂儒，帕首腰刀是丈夫。

粉泪怨离居，喜子[1]垂窗报捷书。试问伏波三万语，何如，一斛明珠换绿珠。

【注释】

①喜子：指蜘蛛。

定风波送元素（今古风流阮步兵）

今古风流阮步兵[1]，平生游宦爱东平[2]。千里远来还不住，归去，空留风韵照人清。

红粉尊前添懊恼，休道，如何留得许多情。记取明年花絮乱，看泛，西湖总是断肠声。

【注释】

①阮步兵：即阮籍。 ②东平：县名，今属山东。

南歌子（雨暗初疑夜）

雨暗初疑夜，风回便报晴。淡云斜照着[1]山明，细草软沙溪路马蹄轻。

卯酒[2]醒还困，仙村梦不成。蓝桥何处觅云英[3]，只有多情流水伴人行。

【注释】

①着（zhuó）：意为附着、紧挨。　②卯（mǎo）酒：早晨卯时所饮的酒。　③蓝桥何处觅云英：晚唐裴铏《传奇集·裴航》载，唐穆宗长庆年间，落第秀才裴航出游后回京途中，遇仙女樊夫人，从她的赠诗中了解到另一仙女云英及“神仙窟”蓝桥。后经蓝桥驿附近，巧遇云英，几经周折，终于与云英成婚。其后裴航也得道成仙。

【点评】

作者于流水这一无情的客体中赋予主体的种种情思，读来意味深长，余韵不尽。欲成仙而不得，从梦境回到现实，空对流水惆怅不已，这正是词人孤寂、落寞、凄婉的心绪之写照。

——夏承焘

华清引（平时十月幸莲汤）

平时十月幸莲汤[1]，玉甃[2]琼梁。五家车马如水，珠玑满路旁。

翠华一去掩方床[3]，独留烟树[4]苍苍。至今清夜月，依前过缭墙[5]。

【注释】

①汤：热水，温泉。　②玉甃（zhòu）：玉石砌成的井壁，这里指浴池。　③方床：卧榻。　④烟树：云烟缭绕的树木、丛林。⑤缭墙：藤条攀绕的围墙。杜牧《华清宫三十韵》：“绣岭明珠殿，层峦下缭墙。”

鹧鸪天佳人（罗带双垂画不成）

罗带双垂画不成。殢人[1]娇态最轻盈。酥胸斜抱天边月，玉手轻弹水面冰。

无限事，许多情。四弦丝竹苦丁宁。饶君拨尽相思调，待听梧桐叶落声。

【注释】

①殢（tì）人：迷恋人。

清平调（陌上花开蝴蝶飞）

陌上花开蝴蝶飞，江山犹是昔人非。遗民几度垂垂老，游女还歌缓缓归。

清平调（陌上山花无数开）

陌上山花无数开，路人争看翠軿[①]来。若为留得堂堂去，且更从教缓缓回。

【注释】

①翠軿（píng）：绿色的軿车。軿车是古代妇女所乘的四周有遮蔽的车。

清平调（生前富贵草头露）

生前富贵草头露，身后风流陌上花。已作迟迟君去鲁[①]，更歌缓缓妾回家。

【注释】

①去鲁：典出《礼记·檀弓下》："子路去鲁，谓颜渊曰：'何以赠我？'曰：'吾闻之也，去国，则哭于墓而后行。'"这里指迟迟不肯离开故乡。

永遇乐（天末山横）

天末山横，半空箫鼓，楼观高起。指点栽成，东风满院，总是新桃李。纶巾羽扇[①]，一尊饮罢，目送断鸿千里。揽清歌、馀音不断，缥缈尚萦流水。

年来自笑无情，何事犹有，多情遗思。绿鬓朱颜，匆匆拚了，却记花前醉。明年春到，重寻幽梦，应在乱莺声里。拍阑干、斜阳转处，有谁共倚。

【注释】

①纶巾羽扇：拿着羽毛扇子，戴着青丝绶的头巾。形容态度从容。

无愁可解（光景百年）

国工花日新作越调《解愁》，洛阳刘几伯寿闻而悦之，戏作俚语之词，天下传咏，以为几于达者。龙丘子犹笑之："此虽免乎愁，犹有所解也。若夫游于自然而托于不得已，人乐亦乐，人愁亦愁，彼且恶乎解哉？"乃反其词，作《无愁可解》云。

光景百年，看便一世，生来不识愁味。问愁何处来，更开解个甚底。万事从来风过耳，何用不着心里。你唤做、展却眉头，便是达者，也则恐未。

此理，本不通言，何曾道、欢游胜如名利。道即浑是错，不道如何即是。这里元无我与你，甚唤做、物情之外？若须待醉了，方开解时，问无酒、怎生醉。

南乡子（霜降水痕收）

重九涵辉楼呈徐君猷。

霜降水痕收，浅碧鳞鳞露远洲。酒力渐消风力软，飕飕。破帽多情却恋头。

佳节若为酬①，但把清尊断送秋。万事到头都是梦，休休。明日黄花蝶也愁。

【注释】

①若为酬：如何报答？

定风波　重阳括杜牧之诗（与客携壶上翠微）

与客携壶上翠微①，江涵秋影雁初飞。尘世难逢开口笑，年少，菊花须插满头归。

酩酊但酬佳节了，云峤[②]，登临不用怨斜晖。古往今来谁不老，多少，牛山[③]何必更沾衣。

【注释】

①翠微：青翠掩映的山腰幽深处。　②云峤（qiǎo）：耸入云霄的高山。　③牛山：位于今山东淄博市。《晏子春秋》："景公游于牛山，北临其国城而流涕曰：'若何滴滴去此而死乎？'"后人遂以"牛山泪""牛山叹""牛山下涕"喻为人生短暂而悲叹。

定风波　咏红梅（好睡慵开莫厌迟）

好睡慵开莫厌迟，自怜冰脸不时宜。偶作小红桃杏色，闲雅，尚馀孤瘦雪霜姿。

休把闲心随物态，何事，酒生微晕沁瑶肌。诗老[①]不知梅格在，吟咏，更看绿叶与青枝。

【注释】

①诗老：指宋仁宗年间诗人石延年，他有《红梅》诗："认桃无绿叶，辨杏有青枝。"苏轼认为这样写红梅只得皮毛，不懂梅的品格。

瑶池燕（飞花成阵）

闺怨，寄陈季常。

飞花成阵，春心困。寸寸，别肠多少愁闷。无人问，偷啼自揾，残妆粉。

抱瑶琴、寻出新韵，玉纤趁，《南风》[①]来解幽愠。低云鬟，眉峰敛晕，娇和恨。

【注释】

①《南风》：《礼记·乐记》："昔者舜作五弦之琴，其辞曰：'南风之薰兮，可以解吾民之愠兮。'"

定风波（雨洗娟娟嫩叶光）

元丰五年七月六日，王文甫家饮酿白酒，大醉。集古句作墨作词。

雨洗娟娟嫩叶光，风吹细细绿筠[1]香。秀色乱侵书帙晚，帘卷，清阴微过酒尊凉。

人画竹身肥拥肿，何用？先生落笔胜萧郎[2]。记得小轩岑寂夜，廊下，月和疏影上东墙。

【注释】

①筠（yún）：青皮竹子。　②萧郎：指白居易《画竹歌》中称赞的萧悦。

定风波（常羡人间琢玉郎）

王定国歌儿曰柔奴，姓宇文氏，眉目娟丽，善应对，家世住京师。定国南迁归，余问柔："广南风应是不好？"柔对曰："此心安处，便是吾乡。"因为缀词云。

常羡人间琢玉[1]郎，天应乞与点酥[2]娘。自作清歌传皓齿，风起，雪飞炎海[3]变清凉。

万里归来年愈少，微笑，笑时犹带岭[4]梅香。试问岭南应不好，却道，此心安处是吾乡。

【注释】

①琢玉：形容姿容俊美，有如玉琢而成。　②点酥：形容肌肤洁白、细柔滑腻如凝酥一般。　③炎海：喻酷热。　④岭：这里指岭南，即中国南方五岭之南的地区。

南歌子　杭州端午（山与歌眉敛）

山与歌眉敛，波同醉眼流。游人都上十三楼[1]，不羡竹西[2]歌吹古扬州。

菰黍[3]连昌歜[4]，琼彝[5]倒玉舟[6]。谁家《水调》唱歌头，声绕碧山飞去晚云留。

【注释】

①十三楼：宋代杭州名胜。苏轼《郭祥正十三间楼》诗："高楼插湖脚，绀碧十三部。"吴自牧《梦梁录》卷一二《西湖》："大佛头石山后名十三间楼，乃东坡守杭日多游此，今为相严院矣。"周密《武林旧事》卷五《湖山胜概·葛岭路》："十三间楼相严院，旧名十三间楼石佛院。东坡守杭日，每治事于此，有冠胜轩、雨亦奇轩等。"②竹西：扬州亭名。《嘉庆维扬志》卷七："竹西亭，在城北门外五里上方禅智寺侧，杜牧《题扬州禅智寺》诗：'斜阳竹西路，歌吹是扬州。'亭名盖取于此。向子固易歌吹，经绍兴兵火，周淙重建，复旧名。"《舆地纪胜》卷三七《淮南东路·扬州·风物》："竹西亭，在北门外五里，今废。"此句指杭州十三楼歌唱奏乐繁华，不必再羡慕前代扬州的竹西了。 ③菰（gū）黍：即粽子。 ④昌歜（chù）：即菖蒲。 ⑤琼彝：玉制盛酒器皿。 ⑥玉舟：用美玉制成的酒樽。

满江红　怀子由作（清颍东流）

清颍[1]东流，愁来送、征鸿去翮。情乱处、青山白浪，万重千叠。孤负当年林下语，对床夜雨听萧瑟。恨此生、长向别离中，雕华发。

一尊酒，黄河侧。无限事，从头说。相看恍如昨，许多年月。衣上旧痕馀苦泪，眉间喜气占黄色[2]。便与君、池上觅残春，花如雪。

【注释】

①清颍：颍，淮河支流颍水。颍州滨临颍水，位于其下游。《嘉庆一统志》卷二五《河南府一·颍水》："阳城县阳乾山，颍水所出，东至下蔡入淮。过郡三，行千五百里。"苏轼《木兰花令·次欧公西湖韵》："霜馀已失长淮阔，空听潺潺清颍咽。" ②眉间喜气占黄色：意为有喜庆的征兆。